星のない夜

鈴木今日子

鳥影社

星のない夜　目次

子宝

子宝

美紀が寝返りをうつ気配に西本聡一は目を覚ました。サイドテーブルの上の時計を見ると、もう二時を過ぎている。美紀は掛け布団の上にあらわな腕を出して眠っていた。艶やかな長い髪がそのむきだした白い肩にかかって、掛け布団から覗《のぞ》くふくよかな胸の隆起がスタンドの淡い光の中で息づく。西本はしばらく目を細めて見入っていたが、彼女を起こさないようにそっと腕を布団の中に入れた。

花冷えの夜は、暖房を付けっぱなしにしていても汗ばむことはない。

ちょっとうとうとするつもりが、二時間も眠ってしまったのだ。彼はもう一度美紀の顔を眺めてから、思い切って起き上がった。すると、

「あら、もう帰ってしまうの?」

美紀が眠そうな声を出した。

「あ、ご免よ。起こしてしまったな。そっと帰るつもりだったのに」

「それはひどいわ」

時計にちらと目をやった美紀は、掛け布団で胸を包みながら身体をおこした。

「もう二時過ぎじゃないの。こんな真夜中に、誰も待っていない家に帰ったってつまらないでしょ？　ね、今晩は泊まっていって。それにわたし、あなたに話があるの」

甘ったるい目で西本をすくい上げるように見上げた彼女は、ふと目を伏せると抱いていた布団をかきあげた。その恥ずかしげな仕種にさきほどの満ち足りた行為を思い出して、彼はこのまま帰る気持ちがしなくなった。

これまでにも引きとめられるままに、何度か美紀のアパートに泊まったことがある。二人の関係はもう三ヵ月も続いていた。


四年前に妻を亡くした西本は、今は古くからいる手伝いの女と暮らしていた。十二年連れ添った妻を失った時はすっかり気落ちして毎日が味気なく、親から受け継いだ紙問屋の仕事も社員の手前それなりに惰性でやっている有り様であった。だが半年もたつと、妻への気持ちも日常の生活の中で次第に落ち着きを取り戻していった。それを見越したように二人の妹が再婚を勧めてきた。

「まだ四十半ばでしょ。独りでいるのはよくないわ。小さいながらも問屋の社長だし、子供もいないんだし、女性にとって結婚相手としては不足ないから、相手はいくらでもいると思うけれど」

「亡くなった嫂《ねえ》さんはいい人だったわよ。でもこう言っては悪いけど、子供が出来なかった。お祖父さんの代からのこの店の跡継ぎを考えれば、再婚して子供を作るべきよ。そうすれば私たちも安心だもの」

結婚して子供もいる妹たちに代わるがわる口説かれ二、三回見合いをしたものの、この女性となら再婚してもよいという気持ちにはなれないでいた。

ある日、手足に湿疹が出来て、近くのビルで開業している皮膚科の久保の診療所へ行った。久保は高校の時からの親しい友人で、大学は違っても何かにつけて付き合いは続いていたが、診察を受けにきたのは初めてであった。久保は近郊の自宅から週に五日、このビルに通っている。小さなビルの五階の一角にある久保の診療所は、狭い待合室と受付に仕切りがない。西本が受付で保険証を渡すと、若い女性が彼を見上げてやさしく応対した。今までにも風邪をひいたりして医者にかかったこともあるし、亡くなった妻が入院している間は毎日のように病院に行っていたものだが、医者の受付でこんなに気待ちのよいあしらいを受けたのは初めてであった。

瓜実顔《うりざねがお》の白い額にかかる後れ毛が初々しく、透き通るような肌に心惹《ひ》かれた。待合室の椅子に坐って診察の順番を待つ間も、西本の視線は知らずしらずのうちにその女性に向けられていく。それが美紀であった。

久保の診療所に通ううち、西本は次第に強く美紀にひかれていく自分にとまどった。いくら親しい友人とはいえ、そこで働いている女性に恋するのは面映《おもは》ゆい。そこの職員と交際するのになにも院長の許可がいるわけではないが、西本の気性としては隠れてこそこそするようで嫌いであった。やっとの思いで彼女が未婚だということは聞き出したものの、それからさきがなかなか進展しない。芙蓉《ふよう》の花を思わす若い美紀の美しさの前では気後れが先に立つ。自分ではさほど醜男とは思っていないが、小太りで背が低く中年過ぎときてはどうも見劣りするような気がする。何ヵ月もためらった後、とうとう西本は久保に自分の気持ちを打ち明けた。

「ああ、あの人か。俺が前に勤めていた病院で知り合った患者の娘さんだ。美人だし、なにより気立てがいいんで、手伝ってもらってるんだよ。お前も今は独身なんだから、誘ってみればいいじゃないか。彼女の方も満更ではないと思うよ。愛があれば齢の差なんて関係ないからな」

久保は笑いを洩らして励ましてくれた。

交際が始まり、二人の仲が親密になるのにそれほどの時間はいらなかった。だが、美紀が彼を自分のアパートに連れて行くのは週に一度と決まっていた。それ以外の日に誘っても、親が来ているとか友人との約束があるとか言って断る。西本にしても、四十半ばになりながら女にうつつを抜かしたり、相手の生活に干渉したりするのは年甲斐《としがい》のないことに思えたから、美紀の言うままになっていた。


「話って、なんだい?」

ベッドに戻った西本は、布団を持ち上げて美紀の額に軽く唇を押しあてた。美紀は身体を震わすと掛け布団に顔を隠してしまった。

「そんな君は、いつ見ても食べたくなるくらい可愛いよ。でも今は話があるんだろう? それをさきに言ってほしいね」

西本が美紀の布団をはがそうとすると、彼女はそうされまいと尚更掛け布団にしがみついてくる。

「さあさあ、人をじらさないで話してごらん。でないと帰ってしまうよ」

西本は帰る振りをして立ち上がりかけた。

「帰らないで。お話しするから」

それでも美紀はためらっているようであったが、ようやく布団をかぶったままで、

「わたしね、赤ちゃんが出来たの」

「え――」

西本は咄嗟《とっさ》にその言葉が分からなかった。だが次の瞬間、自分の耳を疑った。

「赤ちゃんが出来たって？」

彼は恐るおそる訊き直すと、またベッドに坐り直した。胸が締めつけられてうまく声が出ない。

「ええ」

「本当なんだね」

「ええ、一昨日診てもらったんですもの」

布団の中の美紀の声はくぐもっているが言葉ははっきり彼の耳に聞こえた。西本は胸にこみあげる感動に目眩《めまい》すら覚えた。やにわに掛け布団ごと美紀を抱きしめると、しばらくはものも言えず、ただ彼女の身体をあやすように揺り動かすことしか出来なかった。

妻との十二年の生活でも与えられなかった子供、幾度かの想像妊娠とそのたびに望みを裏切られ遂に諦めていた子供、その自分の子供が近い将来この世に生まれる、彼は言い表せない感謝の気持ちに浸っていた。

西本は早速、十七歳年下の美紀と結婚した。

その年の暮れ近く、美紀は女の子を出産した。西本は自分の名前の聡一と美紀の名前をとって聡美とつけた。聡美は母親似の色の白い可愛い子であった。金色の産毛の光る聡美の顔を一日中眺めていても見飽きることはない。無心に自分の乳を飲んでいる赤ん坊を目を細めて見つめている美紀の充ち足りた様子に、母乳で育てることを言い出したにもかかわらず、西本は妬ましさに胸が疼《うず》きさえした。だから離乳が始まると、早速彼は自分で食べさせることにした。

下町にある西本のビルは一階と二階が店と倉庫で、三階と四階が住居になっている。四階の住まいは二部屋だけで残りは屋上として洗濯物の干場にしていたが、それ以外の空間はいつの間にか不用品の置き場になっていた。

やがて聡美が歩き始めるようになると、彼は屋上のがらくたを整理し、転んでも危なくないように一部に芝を植えつけた。芝の上をよちよちと歩き顔を笑いで輝かせながら父親の胸に倒れかかる娘を抱きしめ、その甘酸っぱい匂いを胸いっぱい吸い込む時、彼は天上の至福に酔うのであった。こういう時は美紀の存在も忘れる。聡美が成長するに従い、ブランコや滑り台、砂場が増え、屋上は小さな遊園地になっていった。

しかし、聡美が幼稚園に入る頃になると、西本はもう一人子供が欲しくなった。出来れば男の子がよい。父親から受け継いだ財産をあまり増やしもしなかったが、減らしもしていない。この紙問屋の仕事と財産を、今度は自分から受け継いでくれる息子が欲しい。彼は自分の希望を妻に打ち明けた。彼女も賛成してくれたのだが、半年が過ぎ一年が過ぎても美紀にその兆候がみえなかった。彼女はまだ三十になったばかりだが、西本は五十に手が届く。年齢からくる焦りに、彼は思い切って友人の久保に相談してみることにした。

「久し振りじゃないか。可愛い妻子のそばを離れられないとみえて、この頃はとんとお誘いもかけてくれなくなったな。去年のクラス会以来じゃないか」

久保は相変わらず磊落《らいらく》な様子で彼を診察室に呼び入れた。

「美紀さんも聡ちゃんも元気かい？　ところで今日はどうしたんだ。また湿疹かい？」

「いや、違う。実は君に頼みがあるんだ」

西本が話している間、黙って聞いていた久保は、

「あんまり仲が良過ぎると、なかなか子供が出来ないと言うからね。愛し過ぎじゃないのかい？」

「からかうなよ。愛しあってはいるけれど、愛し過ぎではないと思うよ」

「そうかなあ。君を見ていると、もう家庭にべったりっていう感じだよ。少し外へ出て遊んだ方がいい。そうすりゃ子供も出来るよ」

「君みたいに要領よく遊ぶなんてことは、僕には出来ないよ。君は背が高くいい男で昔から女にはもてたからな。僕とは反対だ」

「そんなことないよ。ただ君はなにごとによらず真面目過ぎなんだよ。それは君のいいとこ

なんだ。美紀さんが惚れたのも、そういう君が気にいったからだろう」

久保は待合室に聞こえないように低く笑った。それから口調を変えて、

「ま、それはそれとして、調べたいのなら、まず君から調べろよ。美紀さんの検査はそれからでいいんじゃないか」

「なんで僕から調べるんだよ。君が勤めていた病院の婦人科を紹介してくれればいいじゃないか」

「そりゃ、いつでも紹介するさ。でも君だって調べておいた方がいいだろうに」

「そうかなあ」

「そうさ。まずちょっとした簡単な検査からやればいいよ」

そんなつもりではなかったものの、西本は不承不承に検査を受けるはめになった。

採取した検体を顕微鏡で覗いた久保がかすかに眉を曇らせたが、西本を振り向いた時はもういつもの表情に戻っていた。

「ちょっと数が少ないようだが、そんなに気にするほどでもない。君の方の検査はこれぐらいでいいだろう」

「じゃあ、婦人科を紹介してくれるね?」

西本はほっとして椅子に坐り直した。

「ああ、いいよ。ところで君は昔から健康そのものという男だったけど、子供の時からあまり病気には縁もなかったのかい？」

「風邪は時々ひくぐらいのもんだね。ああそういえば、中学の時おたふくかぜで熱が続いて寝込んでしまったことがある。そんな程度だ」

「おたふくかぜをねえ」

久保はつと視線を逸らせたが、すぐにこやかに言葉を続けた。

「医者に縁のない男だなあ。これからも縁のないようにしろよ。さて、美紀さんの検査のことだけど、いつでも都合のいい日に来てもらっていいよ。婦人科への紹介状を書くから」

久保は立ち上がると、忙しそうに顕微鏡を片付けた。

数日後、聡美を幼稚園に送ってから、美紀は久保の診療所を訪れた。

「女性は子供を生むときれいになると言われてるが、君はまた一段と魅力的になったね」

久保は満更お世辞だけとは思えぬ様子で美紀を眺めた。

「西本が家から出たがらないのも無理はない」

からむような久保の眼差しから目を逸らせると美紀は顔を俯《うつむ》けた。彼はボールペンでぽんと机を叩いてから、

「西本から話は聞いたよ」

真面目な口調になって話を続けた。

「西本は中学の時、ひどいおたふくかぜにかかったと言っていた。アレルギー体質がこわくて、母親がおたふくかぜの予防注射を受けさせなかったらしい。多分その時、orchitisを併発して、造精機能障害をおこしたのだろう。君も皮膚泌尿器科に勤めていたんだから、それぐらいは知ってるだろう？　だから前の奥さんに子供が出来なかった。彼に子供を作る能力がないとは、まさか君は考えもしなかっただろ？」

美紀に顔を寄せやっと聞こえるほどの低い声で話す久保を、彼女は顔を青ざめ瞬きもせずに見返した。

「彼が僕の所へ来てくれてよかったよ。もし余所へ行っていたら、本当のことが分かってしまう。そうなったら、聡美ちゃんのＤＮＡを調べられる。一体あの娘は誰の子なんだ。母親というものは、自分の子供の父親が誰か、分かるというじゃないか。君には分かっているんだろう？」

美紀は見開いた目で久保を見据えながら、こわばらした唇を全く動かすこともしない。

「あの子は、もしかしたら、僕の子かい？　いや、それはどうでもいい。僕には女房も子供もいる。今更騒ぎを起こしたくないもんな。西本は自分の身体のことは知らない。前の奥さんをいつも石女《うまずめ》と言っていたし、今度だって子供が出来ないのは君のせいだと思っている。

今後も彼に余所の病院では決して検査を受けさせないでくれよ。僕も本当のことは生涯言わない。黙っていれば、世の中、万事、平和におさまるもんだ」

久保は声にならない笑いを洩らすと、美紀の耳に口を近付け、

「彼は男の子が欲しいんだそうだ。どうだい、望みどおり今度は彼に男の子を作ってやろうじゃないか」

熱い息を吹きかけてにやりと笑った。

月下の祭典

男は朝から歩き通しであった。

中天に昇った太陽が容赦なく照りつける。風もなかった。草も木の葉も、そよとも動く気配はない。日照りの続いた田舎の農道は乾ききって、歩くたびに砂埃《すなぼこり》が舞い上がる。道路わきの草の葉が粉をまぶしたように真っ白だ。

男はひたすら歩き続けた。どこへ行くというあてがあるわけではない。二十四歳になるこの齢まで、生まれ育った山間の村を出たことのない男は、陽光を遮る一本の木もない平坦な田畑に出た時、その開けた風景にたじろいだ。広漠とした空間が彼を不安にする。だが戻ることは考えなかった。一瞬立ち止まったものの、すぐにまた歩き出した。

それからどのくらい歩いただろう。流れる汗が、赤く日焼けした首筋をとおってシャツの中に流れ落ちる。目に入った汗で視野が霞んでくる。男が汗を拭こうと立ち止まった時、道端の畑にトマトが赤く熟れているのに気がついた。喉は渇いていた。腹もすいていた。彼は畑に入ってトマトを二つもぎった。しかし食べようとはせずにそのままシャツの中に入れて歩き続けた。

田畑には人影もなかった。その向こうに点在する農家も、霞んだ目のせいか陽炎《かげろう》のせいか、はっきりと見分けられない。太陽の熱にむせかえる草いきれと砂埃に喘《あえ》ぎながら、虚《うつ》ろな眼差しで靴先を見つめて歩いていた。

やがて田畑を過ぎると少し広い道路に出た。左手に土手が見える。土手に向かってゆるい傾斜のついた坂をのぼった先に、小さな橋があった。その向こうに低い山が見える。水嵩《みずかさ》の減った川が葦の茂みの下を流れるのを眺めて、男はほっと息をついた。橋の上はいくらか涼しい。しばらく欄干にもたれていた男は再び歩き出した。橋を渡ると川に沿った道と山へ向かう道とに別れている。男は一瞬迷ったがすぐに山へ向かう道を曲がった。その道は次第に狭くなり、やがて山裾の杉の木立の方へ続いている。

男は木立の下にたどり着くとようやく歩調をゆるめた。日照りの道を歩いてきた身体に木陰はひんやりと涼しい。あたりに充満する杉の匂いが生家の裏山を思い出させる。彼は胸いっぱいにその匂いを吸い込んだ。それから草叢《くさむら》に腰をおろしてトマトを食べ始めた。食べながら周りを眺めていると、すぐそばに人一人がやっと通れるほどに踏みしだいた小道があるのに気がついた。道は木立の奥深くへ続いているらしい。食べ終わった男は息をつく間もなくその道をたどっていった。

しばらく行くと道は急な登りになる。杉の木立が陽光を遮ってあたりは薄暗くなった。積もった枯れ葉が靴の下で柔らかくめりこむ。茂った羊歯《しだ》の葉に小道を見失いそうになりながら登っていくと、にわかに視界が明かるくなった。山の頂には、灌木《かんぼく》の林に囲まれた小さな池が青空を映して輝いていた。

その時、男の耳に草をかき分けるような音が聞こえてきた。風にそよぐ葉ずれの音とは思えない。男はぎくりとして立ち止まった。村から誰か追いかけてきて先回りしていたのではないか、おびえた男は木の陰に隠れ息を殺して耳を澄ませた。また音がする。さっきと同じような音だ。だがそれが近付く気配はない。逃げようとした男は思い直して音の方に忍び寄った。

池のほとりの草叢の中に、人影が見えた。ピンクの花柄の衣服だ。女らしい。ほっとした男は、急に大胆になった。足音を忍ばせそっと草をかき分けながら近寄っていった。

女は一人で草叢にしゃがんでいた。山菜を採っているのだろう。そのままの姿勢で場所を移すたびに草の擦れあう音がする。男に背を向けている女は彼の近付いて来るのに気がつかないらしい。男は立ち止まって女の後ろ姿に目を凝らした。動きにつれて女の肉付きのよい尻が揺れる。不意に男の胸に熱いものが込み上げてきた。

大酒飲みの父親は知恵遅れの息子を邪魔者扱いしていた。物心ついてから、父親にやさしくされたことがない。八歳上の姉だけが彼の面倒を見、可愛がってくれた。父親の畑仕事の手伝いに行く時も、必ず連れていってくれたものだ。山間の村の畑は、山の斜面にへばりついたように狭かった。だが子供心にも、薄暗く今にも壊れそうな家よりは広々として気持ちがよかった。幼かった男は畑の横の土手に坐らされ、野良仕事をしている姉を飽くことなく眺めていた。立ったりしゃがんだり野菜を籠に入れて運んだりする姉の、少女らしい弾力のある身のこなしは、母親の記憶のない男にとって、この上なくやさしく温かいものであった。だがそのたった一人の姉は、彼が十三歳になった時、誤って崖から転落し打ち所が悪くて死んでしまった。

姉に対する思慕が狂おしいまでに男の心に溢れてくる。目の前で山菜採りをしている女と姉がいつの間にか一つに溶け合った。

「姉ちゃん――」

男は夢中で女に駆け寄った。

「あ――」

女がその声に気付いて振り返った時、男は身体をぶつけるように女を抱きしめていた。

「やめて、はなして――」

女が大声をあげてもがいた。その拍子に鎌を落としたが、それも気付かないらしい。男は、女が巫山戯《ふざけ》ているのだと思った。彼が小さかった時、よくこうやって羽交い締めにすると、姉はくすぐったそうな悲鳴をあげながらも、男を抱きしめてくれたのだ。男はますます腕に力を入れた。女の柔らかい臀部《でんぶ》が電流のように身体の芯を突き抜ける。汗の混じる脂っこい女の体臭は、記憶の底にこびり付いている姉のにおいであった。

「なにするのよ。気違い——」

憎悪をむき出しにして必死に叫ぶ女の声が、男を現実に引き戻した。狼狽《うろた》えた彼はそれでも女を離さなかった。

「逃げないで、どこにも行かないで」

女にしがみついたまま、男は哀願した。一緒にいてくれるだけでいい、だが男は自分の思いを言い表す言葉を知らなかった。

幼い時から彼は近所の子供に遊んでもらったことがない。彼らは男を遠巻きにして、

「ノータリン」「ノロマ」

と囃《はや》したてるだけで、誰一人近付く者はなかった。父親でさえも不快なものを見る目付きしかくれない。ただ姉だけが、そんな彼を庇《かば》い、丸く柔らかい胸に抱きしめてくれた。その

姉が亡くなってから、男は人目を避け、ほとんど家から出なくなった。

男は大声でわめいた。女にどう話したらよいのか分からない。その苛立ちに、ただ彼は獣の咆哮《ほうこう》のような声をあげるだけであった。その声がいっそう女の恐怖心をかきたてるのも気付かない。女の激しい抵抗が、わずかに残っていた理性を失わせた。激情が男の全てを狂わせる。女の叫び声をとめようと、男は抱きついていた腕を回して喉を締めた。

「ああ！」

女が悲鳴をあげた。男はますます猛りたって指に力を入れた。

不意に女が黙ってしまった。不思議に思った男が腕を離すと、何かを掴もうと虚空に手を伸ばしたままぐにゃりと男の足下に倒れた。

「どうしたの？　どうして倒れたの？」

驚いた男はかがみこんで女を揺さぶった。

「なにか言って、なんでもいいからさ」

男は女の身体を揺すりながら泣き声をあげた。しかし女は草叢にへばり付いて動かない。男はそれでも女の身体を揺さぶり続けた。

しばらくして、男はようやく立ち上がると、虚ろな目で女を見下ろした。涙は乾いていた。

いつまでも女が動かないのが訳が分からない。

不意に一陣の風が男の横を通り過ぎた。あとにいっそう森閑とした静けさが戻る。透明なまでの陽光が女の身体に降り注いでいる中を、近くで鳥の鳴き声がした。

虚脱していた男の眼差しが急にぎらぎらと光った。着ていた衣服をいきなり脱ぎ捨てると、女の服を脱がせにかかった。無骨な男の指は器用に動かない。昂《たか》ぶってくる気持ちに指先が震えて、焦ればあせるほど思うようにはかどらない。仰向けにしたらよいのだと気が付いた男は、ぐんにゃりとした女の身体をひっくり返した。蒼白の歪んだ顔が上を向く。見開いた目で宙を見ているその顔は、彼の記憶に焼き付いている姉とは似ていない。だがもう始めた衝動をとめることは出来なかった。女の頭を膝に抱えて服を脱がせながら、生気を失ったその顔を眺めているうちに、男は父親のことを思いだした。


それは四日前のことであった。朝起きて、いつものように父親が用意して置いてある食べ物をとりに茶の間に行った。父親は酒飲みで怠け者のくせに、食事の支度だけはしてくれていた。部屋に入ると、食卓の横に父親が身体をくの字に曲げて転がっている。目を宙に据えて、青白く歪んだ顔は硬直していた。倒れる拍子にひっくり返したのか、食べかけの煮物や烏賊《いか》の燻製《くんせい》などが、赤茶けた畳の上に散らばっていた。酒瓶は栓が開いたままだ。男は食卓の上や畳に落ちている食べ物を拾い集めて寝床に戻った。空腹になると自分の部屋から出てきて、台所の戸棚をあさっていた。だが食料はすぐ無くなった。彼は仕方なく流しの下や勝手口の横に置いてある野菜を生のまま齧《かじ》って飢えをしのいでいた。そのうち父親の身体から発散する異臭がだんだんひどくなるのに耐え兼ねて、家を飛び出してきた。

生命を失った身体を持ち上げたりひっくり返したり、男は汗を流しながら女の衣服を脱がせた。右袖を脱がし左を脱がし、そのたびに女の周りを飛び跳ねながら走る。

彼を取り巻くものは、眩《まぶ》しいばかりの青空と木々とむせるような草いきれだけであった。素裸の男はいつの間にかこの自然の中で戯れる一個の無心な動物に化していた。

ようやく女を裸にした男は、ほっと吐息をついてゆっくりと額の汗を拭った。それから女の着ていた物を一つ残らず、順番を間違えないように身につけた。男性にしては小柄な方であったが女の衣服は少し窮屈だ。だが、どうにか着こなすことが出来た。このピンクの小花をあしらったブラウスはなにをおいても彼を引きつけたものだ。

男は満足してあたりの草叢を歩き回った。そのうち、腰に手をあて、昔姉が読んでいた婦人雑誌の口絵のように流し目をしながら腰をひねって歩いた。足下の草がさわさわと鳴る。歩くたびに衣服に付いている女の体臭が全身に染みいるようで、自分の変身に恍惚となった。

やがて、ここへ来る途中に池があったのを思い出し、足早にそこへ行って姿を眺めてみた。しかし、淀んだ水にうつる影は男の期待を裏切った。あのふさふさとした女の髪がない。こんな坊主頭の女なんかいるわけないじゃないか、男の浮き立っていた気持ちはたちまちしぼんだ。彼は不機嫌に眉をしかめて考えていたが、間もなく晴れやかな顔に戻って女の所に走っていった。そして女のそばにしゃがむとその髪を力いっぱい引っ張った。しかし身体がずるずると動くだけで髪の毛は抜けない。男はまたがっかりして草の上に腰を落とした。どうすればこの髪の毛が取れるだろう、どうしてもこれが欲しい、男は苛々しながらあちこち目を這《は》わしているうちに、草叢に落ちている女の鎌に視線が止まった。

（しめた！　あればあればいいんだ）

目を輝かせ小躍りして鎌を手にした男は、女の上に屈むと髪の生え際に沿って切り始めた。だが曲がっている鎌は扱い難い。それでもようやく一周り頭に切れ目をつけることが出来た。男は大きく息を洩らすと、流れる汗を拭うのも忘れ、髪の毛をひとまとめに掴んで力いっぱい引っ張った。ねばっとした感触とともに、女の頭皮は簡単にぺろりと剝《む》けた。男は相好を崩し豊かな髪の感触を両手に抱いて楽しんでいたが、にんまりと微笑を浮かべると自分の脱いだ衣服で丁寧に血を拭き取って頭にのせてみた。ところが、皮下組織の厚みでかぶり心地が悪い。男は諦めなかった。すぐに鎌の先で内側をこそぎ落とし始めた。しばらくの間ひっくり返したり平らに伸ばしたり懸命にとりくんでみた。しかしたった数ミリほどの厚さなのにとても鎌でははがせないと知ると、鎌を放り投げて、いきなり頭皮にしゃぶりついた。

かすかに酸味をおびた柔らかい肉を、頭皮を傷つけないように少しずつゆっくり食べていった。朝からトマト二個しか食べていない胃は、この強烈な味に痙攣《けいれん》する。だが肉をはがすのに夢中になっている男にそんなことを感じるゆとりはなかった。

日は西に傾きはじめた。草叢に落ちる木の影が少しずつ伸び始める。時折吹く風が、男の手元の髪を乱して通り過ぎていく。

ようやく食べ終え中をきれいに舐めてから頭にかぶった。今度はしっくりと頭に合った。男は手を叩いて喜んだ。頭を動かすたびに、頬に、首筋に、やわらかい髪が触れる。男は早速池のそばに飛んでいった。豊かな黒い髪が顔を縁取りして、俯いた額に垂れている。濁った水に写る姿のなんと艶《なまめ》かしいことか、女になった、これで身も心も女になった、腹の底から突き上げてくる快感に息が詰まりそうになる。男は立ち上がるやいなや、髪を振り乱し手を打ちながら草叢を踊り始めた。

しばらく酔ったように踊っていた男は、この姿を人に見てもらいたい衝動にかられた。

(町へ行こう)

興奮で震えながらも、ポケットに財布があるかどうか確かめてみた。家を出る時、父親の財布だけはその身体から取ってきていた。だがズボンのポケットにはなにも入っていない。彼は慌てた。

(ポケットに入れたはずなのに、途中で落としたんだろうか)

町へ行くには金があったほうがよい、彼の知能でもそれぐらいのことは分かった。気もそぞろに浮き立っていた気勢をそがれた男は、忌まいましげに唇を歪めて何度もポケットをさぐってみた。

突然、男はゲラゲラ笑い出した。財布を入れた自分のズボンは脱ぎ捨てて、今穿《は》いているのは女のものであったのに気付いたのだ。笑いの止まらないまま脱いだズボンから財布を取り出して中を改めてみた。酒飲みのくせに吝嗇《りんしょく》な父親は、有り金全部を財布に入れて肌身離さず持っていた。上機嫌になって財布をポケットにしまうと、何気なく足下の女に目をやった。乱暴に衣服や髪の毛をはぎとったために、手足を広げてあられもない姿をしている。仰向けになった女の胸の二つの隆起が今にも息づくばかりに豊かだ。しばらく食い入るように見つめていたが、この乳房までえぐり取るのはためらわれる。

男は女をそっと木陰に引きずっていって草の上に横たえ、自分の着ていたものを掛けてみた。だがその寝姿は彼の気にいらなかった。ちょっと思案していた男はすぐに鎌を取って周りの草を刈り始めた。そして刈った草で女をおおってやった。みるみる小さな草の山が出来る。自分の仕事に満足した男は、汗を拭うひまも惜しく池とは反対の方角へ駆け出した。だがしばらく行くと、人の歩いたあとがなくなって笹の深い茂みに入りこんでいるのに気づいた。前方を見ると、生い茂った笹の向こうは崖になっているようで行き止まりだ。男は仕方なく引き返し、もと来た道を通って山をおりた。

田圃《たんぼ》には人の影もない。傾きはじめた太陽が一際あたりを明かるく浮かび上がらせている。男は口笛を吹きながら軽やかに歩いていった。やがて橋まで来ると、迷うことなく川に沿った道を行った。思ったとおり、ほどなく両側の田圃が切れて家々が現れた。男は口笛をやめて歩調を早めた。

小さな田舎町であったが、山間の村から出たことのなかった男にとっては物珍しい。道を挟んで並ぶ商店、買い物をする主婦の姿、夕方近くなってもまだ遊び足らないらしい子供たちの群れ。男は道の脇に立ちすくむと、瞬きも忘れてそれらを眺めていた。すると、一人の男の子が角を曲がって走ってくる拍子に男にぶつかりそうになった。

「あ、ねえちゃん、ごめんな」

子供はひょいと身体をひねるなり、また一目散に走っていく。

(ねえちゃん?)

男は咄嗟に誰のことを言っているのか分からず周りを見回した。しかし次の瞬間、ねえちゃんとは自分のことなのだと気がついた。彼はにんまりとほくそ笑んだ。

大胆になった男はこれ見よがしに胸をはってゆっくりと歩き出した。行き交う人が誰も彼に注意を払わないのが得意でもあったが、いくらか物足らなくもあった。

街角をまがると、映画館があった。上映の始まる時間なのか何人かの人が切符売り場に並んでいる。映画というものを見たことのない男は、大きなポスターの貼られた立て看板に好奇心をかられて列の後ろに続いた。

映画館に入った男は売店でパンとジュースを買うと、ちょっと腰をひねりながら真ん中の通路を一番前まで歩いていった。それからゆっくり振り返り、席を探すふりをして左右を眺めつつ後ろの方へ戻ってきた。田舎の映画館は客が半分ほどしか入っていない。空いている座席はいくらでもあるのに、わざわざ人の坐っている前を通って列の真ん中の席に割り込んでいった。席に坐ると早速パンの包みを開いた。

映画はすぐ始まった。劇場は暗くなり、大きな音楽とともにスクリーンに映像が写し出される。テレビしか知らない男はその大きな画面に圧倒された。音楽も耳をろうするばかりだ。これが映画なのか、男はパンを食べるのも忘れてスクリーンに見とれた。

若い男女が碧い海を背景に歩いている。物語の筋は全く分からない。ただその視覚に訴える強烈な印象に、

「ほう、ほう」

と溜め息をつきながら次第に前の座席の背もたれに身を乗り出していった。すると、

「ちゃんと坐って、静かにしててくれよ」

前の人が腹立たしげに小声で制して後ろを振り向いたが、

「なんだ、ねえちゃんか」

女の姿にその中年の男は語調を和らげた。

（ねえちゃん――）

しかし男はもう驚かなかった。それよりももっと大勢の人の注意を引きつけたかった。頭を大袈裟に動かしたり髪を直すふりをしてみたりしてそれとなく周りを眺めた。そのたびに柔らかい髪の毛が頬や首筋に触れる。もうその感触にも馴れた男はそれにひたるよりも周りの視線の方が気になっていた。しかし観客は彼に目もくれようとはせずに映画に見とれているようだ。男は次第につまらなくなってきてパンを齧り始めた。最初はあんなに彼を捕えた躍動する映像も、もはや興味をそそらない。パンまでも味けなく思われる。早く映画が終わって場内が明かるくなってくれればよい、それだけを苛々して待っているうちに、男はいつの間にか眠ってしまった。

やがて、人々のざわざわと動く気配に男は目が覚めた。映画は終わっていた。明かるくなっ

た場内を観客が出口の方に歩いていく。彼は慌てて立ち上がった。髪を振りながら、人の群れを押しのけかきわけながら前に進んだ。鼓動がふくらむ。彼に押された一人の女性がよろけて横の座席の背に摑まったのも気づかない。急ぎ足で歩きながらも、ありもしない乳房を押さえ上目遣いに人々の様子をうかがっていた。だが男に関心を示す者は誰もいない。ただ帰りを急ぐ群衆に押されるままに歩くだけであった。

外へ出るとあたりは暗くなっていた。だが通りは、まだ開けている商店の灯に明かるく、涼みがてらに散歩する浴衣がけの姿も見かけられる。目が馴れるにつれて、空の黒ずんでいた色は薄れていき、夕焼けのわずかな残光を背に西の山の尾根が黒く連なっているのが見える。

男はしばらく立ち止まって空を見上げていた。星が二つ三つ瞬いている。不意に、彼は山の方へ歩き出した。あの山へ行こうと思ったわけではない。ただ、自分でも分からぬまま、なにかに引き寄せられて足が動いていくだけだ。町を出ると人の影もなかった。見渡す限りの田畑は暗い大地に沈み、時折渡る風が男の横を通りすぎる。川べりの道を行き見覚えのある杉の木立の下の小道を見つけると、ためらうことなく雑木林を登っていった。

折から山の上に昇ってきた月が、消えやらぬ空の色を吸い尽くして輝きを増していく。その妖しいまでの月の光を浴びて、静寂な森は声のないざわめきに充たされていた。不意に頭の上で夜啼鳥が一声あげたかと思うと、あとはまたいっそう無気味な静けさに戻る。

山に育った男も、この地底から鳴り響く物音はめずらしかった。いつとなく耳を傾けているうちに、彼の心は次第になにものかに呪縛されていった。月光に濡れた木の葉さえ、胸の奥底に蠢《うごめ》くなにかを目覚めさせるかのように揺れ動き、木々は物の怪の化身さながらに男の周りを取り巻いて語りかけてくる。しかし彼は怯《おび》えはしなかった。聞くにつれて親しい人の懐かしい声に思えて、顔をほころばせながら月を仰ぎ見た。

煌々《こうこう》と輝く月を眺めていると、月光の不思議な力に吸い取られて、魂はどこまでも浮遊していく。やがて身体の芯まで吸い取られ重量感さえなくなった男は、月明かりを頼りによろめく足を草にとられながら女の所にやってきた。女の上に掛けておいた草も衣服もそのままだ。彼はそれらをやさしく取り除いた。

草の下から現れた女の白い裸身が、月光に照らされてぬめぬめと輝く。太古からそこにずっと横たわっていた大理石の彫像さながらに神秘的で美しく、人間の肉体とは思われない。仰向けになって男を見ている女の顔さえ微笑んでいるかに見える。それを見て男は声にならない呻きを洩らした。こんなやさしい人間の顔は、姉が亡くなってから一度も目にしたことはない。無意識に衝かれていた彼の心の奥底が溶解して、息苦しいほどの歓喜が全身に広がる。

男は恍惚として女の姿にみとれた。草叢に横たわるこの古代の妖しい裸像は、自分の分身であり、自分自身がそこから生まれた抜け殻であった。いやもしかしたら、自分はただの影なのではないだろうか。しかし男はこの倒錯した思いにとまどいは感じない。身も心も支えきれないほどの歓喜に震え、息を凝らしていつまでも女を見詰めていた。

月は頭上高く昇ってきた。女の上に落ちていた木の葉の影が消えた。ようやく彼は女から目を離してまた月を仰ぎ見た。しばらく眺めているうちに、

(そうだ。月への供えものだ)

男は自分の思いつきに有頂天になった。この女と同化した自身は、裸像とともに月に捧げる生け贄《にえ》であったのだ。

月の光と、周りから押し寄せる森の静寂と、草叢から這いあがる地底の霊に操られ、男は知らずしらず女の周りを踊り始めた。

足取りは次第に激しく、狂おしく、目はぎらぎらと月を見据えて乱舞する。

その時、山の下の方から声高に話しながら登ってくる人々の声がして、彼らの手にするライトの明かりが木の間がくれに見え隠れする。

しかし男にはなにも聞こえなかった。なにも見えなかった。月の光や、森のざわめきすらも、もはや感じられない。ひたすら踊り回るうちに、次第に山の端に近寄っていった。

髪を振り乱し、おどろおどろに踊る男の姿は、月光を浴びて一瞬宙に浮いたかと思うと、声もなく切り立った崖から落ちていった。

あるカラスの手記

吾輩《わがはい》は烏《からす》である。と言えばどこかの小説家の真似をしていると思われるかもしれないが、吾輩は正真正銘カラスなのだから、それ以外に言いようがない。

我々カラス属の仲間は南アメリカとニュージーランド以外のほぼ世界中に住んでいる。トリの中では利口と言われているが、利口だけではない。神聖な力をもつものとしてニンゲンから尊敬されてきたのだ。

そもそも神武《じんむ》天皇の東征のおり、天照大神《あまてらすおおみかみ》に派遣されて、熊野から大和《やまと》に至る険しい山の中を導いたのは我々の祖先なのだ。以来、神秘な能力を持つトリとして、熊野権現の使令という役を司ってきたし、地方によっては、畑の中に置いた米のどれをついばむかで、その年に播《ま》くイネの早、中、晩の三種類の米の豊凶を占ってきた。その他にも、厳島《いつくしま》神社で行なわれる「御鳥喰神事《おとぐいしんじ》」とか、カラスに餅を投げ付ける「烏勧請《からすかんじょう》」とか、ニンゲンから深い敬意を払われている。日本だけではない。アメリカのインディアンやシベリアの民族の中には、世界を創造しニンゲンに火を教えてくれた主神や英雄として記憶されている。だからカラスが、北欧の主神オーディンの象徴になったのは当然だろう。

中国では太陽の中に三本足のカラスがいるといわれているが、神武天皇を導いた八咫烏《やたがらす》も三本の足を持っていたらしい。

先祖からの言い伝えによると、我々は本来足を三本持っていたという。他のトリよりも優れた能力を持つ我々に、神が与えてくれた栄誉なのだ。ところが三本足で生活してみると、これがどうも具合よくいかない。ニンゲンも二本の足を交互に出して歩くし、四足の動物も平衡を保って歩いている。それが三本という奇数の足では歩調がうまくとれない。鼎《かなえ》の脚ならただ立っているだけだから三本で安定しているが、歩くとなると甚だ不便だ。歩く時だけではない。木の枝に止まるのも一苦労なのだ。真っ直ぐな枝ならともかく、曲がった枝ならなおさらのことうまく止まれない。危険が迫った時は恐ろしい。慌てて飛び上がったのはいいが、枝に止まり損なって気の毒にも四足の犠牲になった仲間もいた。こうなると足が多いのは死活問題だ。

そこで、二本足にしてくれるように神様にお願いしたらどうだろうと、皆を集めて話し合うことになった。しかし二本足に賛成のカラスの多い中で、折角神様が与えてくれた名誉の象徴である三本足の一本を失うことに、強硬に異議を唱えるものが現れた。議論は激しくたたかわされ、夜明けから始まった集会は日暮れ近くになっても埒《らち》があかない。最後に長老が提案して決をとることになった。結果は二本足賛成が多数を占め、反対であったカラスも渋々多数決に従うことになった。ところが反対派の中で、多数決に絶対従わないと宣言するカラスが何羽かいた。神様の恩恵をないがしろにし、誇りある貴族性を捨て、自分から他のトリたちの地位に貶《おとし》めるなどとはもっての外だと言う彼らは、生まれ育った古巣を捨て、親兄弟を捨ててその地を飛び去った。

彼らは安住の地を求めて世界の各地を彷徨い続けた。疲れ、飢え、希望を失いかけながらも故郷に戻るのを潔しとしない、そんないじらしい心根を愛おしんだ神様は、彼らを連れて太陽に行き、そこに住まわせた。それで今もその子孫は太陽に住んでいる。

これほど神様に愛された高貴な我々なのに、ニンゲンは昔からなんとカラスをバカにしてきたことか。

「鵜の真似をする烏」とは、なにごとだ。カラスはきれい好きだから水浴びは欠かさないが、水に溺れるようなバカなカラスはいない。キツネにいい声だろうと煽《おだ》てられて嘴《くちばし》に咥《くわ》えた食べ物を落とすなんて、ニンゲンの浅知恵の考えた作り事だ。まだまだある。我々ご自慢のこの黒い羽についても、勝手に捏造《ねつぞう》しているのは気に食わない。一番きれいなトリに見せるために、たくさんのトリからもらった羽を付けて神様の前にいったところ、羽をくれたトリたちにそれぞれの羽を取り戻され、元の黒い姿にかえって笑われたというのだ。

誰がそんじょそこらの趣味の悪い羽を欲しがるものか。この我々の優雅な黒い羽に及ぶトリがいるわけがない。世界には青や赤銅などの金属的な光沢や、斑《まどら》のあるカラスもいるが、吾輩の住むあたりではみな黒い仲間だ。黒といっても、ニンゲンが考えるような光のない状態ではない。艶やかな光をおびた深い色彩なのだ。ニンゲンが黒に対して連想する不安、死、不気味、恐怖などといった概念とは、およそ縁遠い。それなのに、ニンゲンは我々が鳴くのを凶兆と結びつけたがる。

羽が黒いというだけで我々を嫌うとは、その気持ちが分からない。それとも、嫌われるのは色だけではなく、生ゴミの収集場を散らかすからだろうか。そりゃカラスはお行儀が良いとは言えないが、どんなゴミでもあさるのは大地の清掃者としての我々の仕事なのだから、感謝されこそすれ嫌われるとは割に合わない。

大体ニンゲンは恩知らずだ。

カラスはスズメ目の他のトリと同様、夜は塒《ねぐら》に帰るものの、昼間はニンゲンの住居のあたりで過ごす。我々はニンゲンが好きなのだ。ただ好きだけではない。彼らの日々の営みを同情と憐みで見守っているのだ。なぜって、ニンゲンは一寸先も見通せないで、明日も今日と同じ日がくるものと思い込んでいるからだ。だが我々には将来におこることが分かる不思議な能力がある。だから天変地異がおこることも、そのあたりの誰かが死ぬことも予知出来る。それを知らせようと一生懸命鳴くのに、ニンゲンはカラスが鳴くから不吉なことがおこると我々の鳴き声を忌み嫌っている。それは反対だ。不吉なことがおこるから鳴いて知らせているので、我々が鳴くから不吉なことがおこるのではない。

本来、カラスの声はきれいなメゾソプラノであった。それがニンゲンと暮らして彼らに好意を持つあまり、凶事を知らせようと長年大声で鳴き続けてきたためにこんなしゃがれた声になってしまったのだ。もっともこんな声になったのを悲しみはしないし、ニンゲンからなにかお返しをしてもらいたいとも思っていない。

我々はニンゲンの言葉がわかるのに、ニンゲンはカラスの言葉が分からぬとは、神様はちと不公平だ。それを嵌《は》めるとトリの言葉が分かるというソロモンの指輪はどこへいったのだろう。

カラス談義はこのくらいにして、吾輩の話に移ろう。

吾輩は、住宅街の近くにある公園に住んでいる。公園といってもここは自然公園で、子供が遊ぶ砂場や遊具があるわけではない。深い木立の間に遊歩道が整備され小高い平地に四阿《あずまや》が建っている他は、公園の中ほどにある池に子供が落ちないように木の柵があるだけで、あまりニンゲンの手がくわわってはいない所だ。

ここに住むのは吾輩だけではない。スズメは勿論、メジロもシジュウカラもいるし、冬にはジョウビタキも見かける。カワセミだってこの池がお気に入りのようだ。

ニンゲン共がカメラを片手に、三脚や望遠レンズやらを背負ってこの公園にやって来るのは、トリを撮影するためらしい。彼らはカワセミを見付けると大騒ぎだ。カワセミを撮ろうと何時間でもレンズを覗いて待っているのに、吾輩をモデルにしようとしたことは一度だってありはしない。

吾輩は大体カワセミが好きではない。身体に不釣り合いな大きな頭や嘴もさることながら、あの不格好な短い足はどうだろう。それなのにニンゲン共が目の色を変えてやってくるのは、あの満艦飾の色のせいだろう。青や緑や橙《だいだい》をどこの絵の具屋で仕入れてきたのか知らないが、飛ぶ宝石とやらおだてられて得意になっているのは、片腹痛い。そもそも緑の宝石に、このカワセミの色にちなんで翡翠《ひすい》と付けるなんて、どう考えてもニンゲンの思い付きは理解出来ない。この頭デッカチの不細工なカワセミが池の中の杭に気取った格好でとまっているのを見ると、吾輩はわざとバサバサっと大きな羽音をたてて急降下してやる。するとカワセミは驚いてあたふたと逃げていく。これで少しは気が晴れるって？　いやいやこれぐらいで溜飲《りゅういん》が下がるもんじゃない。大体吾輩は生まれつき悪戯が好きなのだ。スズメやメジロが相手でも脅かして面白がっているのだから、この程度の悪戯で日頃の鬱憤が晴れるわけがない。もっともこんな悪ふざけをするのはお腹がいっぱいの時だ。

空腹の時には、そんな悪戯をする余裕はない。食べ物を探すのにせいいっぱいだ。カラスは雑食性だから、食べられるものならなんでも食べる。昆虫や果物が好物だからって、トカゲやカエルを見逃すことはないし、動物の腐肉だって食べる。同じ公園に住む小鳥の卵や雛も結構おいしいものだ。

あさましいって？　とんでもない。弱肉強食は自然の掟なのだ。その掟に従う我々に罪はない。罪はそれを取り決めた万物の創造主にある。

創造主なんていないって？　いやいや昔はいたんだ。だが、今はもういないだろう。いなくなったのだ。自分の創ったものたちの絶え間ない争いに退屈したのか恥ずかしくなったのか、地球から逃げ出しどこか新しい星を見付けて、再び過ちを繰り返さないように今頃は苦労しているのではないかと思うよ。それとも、神様はもうとうの昔に死んでしまっているのかもしれないな。

それはともかく、少々生存競争がある方が吾輩にはスリルがある。この公園にしたって、まったくスリルがなければ面白くない。しかし最近は生存競争も激しくなった。吾輩のおじいさんが言うには、昔この公園は今の何倍も大きくて鬱蒼《うっそう》とした樹木に覆われていたそうだ。ところがニンゲンが木を伐採し、山を削って宅地造成したために、近くにあった田圃も沼も無くなってしまった。カエルなんて、このところとんと見かけないのはそのためだ。おかげでこの森に住んでいる生き物は毎日の食糧にこと欠いている。

食糧を確保するためには以前よりも行動範囲を広げなければならない。しかし生来怠け者である吾輩はそんなに遠出はしたくないから、近くの住宅地でどうやら賄ってきた。それが最近になって難しくなった。ニンゲンが、網のような箱やポリバケツに生ゴミを入れて収集場所に出すようになったからだ。いくら嘴の強いのが自慢の吾輩でも、これではお手上げだ。

どうやらニンゲン共は、カラスが生ゴミを漁ってあたりを散らかすのが気に入らぬらしい。だが、そんなにきれい好きなニンゲンが自分たちの住む地球を汚しているとは、吾輩には到底理解出来ない。我々の散らかすゴミなんて箒一本で片付くが、ニンゲンは自分で清掃できないゴミをまき散らしているのだ。

もっとも昔からニンゲンは、我々にとって理解に苦しむところがあったのは事実だ。大体ニンゲンは自分の価値基準で全てを測りたがるようだ。昔、「人間は万物の尺度である」と言った人がいたが、万物の尺度とは烏滸《おこ》がましい話だ。万物ではない。ニンゲンにはニンゲンだけの尺度があり、カラスにはカラスの尺度があるのだ。そういう傲慢と偏見があるから、自分と違った考えを持っている相手を変わったニンゲンだと決めつけたり、時には敵視したりする。だから、生活習慣の異なる我々を異質なものを見る目で眺めているのだろう。

こんな愚痴を並べてみたところで、吾輩の腹がくちくなるものでもあるまい。

さて、吾輩は食糧を獲得するためだけに、ニンゲンの住むあたりに来るのではない。ニンゲン観察は吾輩の趣味なのだ。だから目が醒めると、住処《すみか》である自然公園を出て近くの住宅街にやって来る。

ここは新興住宅地らしくて、車の通りも少なく静かな所だ。この住宅地の中にも公園がある。公園といっても吾輩の棲む自然公園のようなものではなく、小さな空間の隅にブランコや滑り台があり、それに接して砂地がある。周りにはケヤキやサクラが植えられ、中にはハトが巣を作っている木もあって、吾輩が時間を過ごすのには快適な場所だ。

吾輩は早起きだが、ニンゲンも結構朝が早いのは感心だ。この砂地の上で幾人かのニンゲンが早朝、手や足をゆっくり動かして運動をしていることがある。太極拳というものらしい。吾輩がケヤキの梢から見下ろしていると、両手を水平に伸ばしたり片足を上げたり、膝を曲げたりしている。その緩やかな円形運動は見ていて面白い。殊に両手をふわりと宙に浮かしているところは、今にも羽ばたくのではないかと思わせる。だがニンゲンは決して飛ぶことは出来ない。ところがカラスは飛ぶばかりか、翼を広げたまま羽ばたきもせずに飛ぶことが出来る。これは吾輩の属するスズメ目では誰も真似の出来ない芸当だ。もしかしたらこの太極拳とやらをしているニンゲンは、こうやって両手を上げて大空を飛んでいる積りかもしれない。いじらしいものだ。そこで吾輩は、

「アホー、アホー」

と笑ってやる。といって、この笑いは嘲笑ではない。親愛というか共感というか、まあそんなようなものだ。

これらのニンゲン共が帰ってしばらくすると、十人ほどの男女が集まってくる。ほとんどが年寄りだ。見ていると、どうやらチームを組んでいるらしい。細長い棒でボールを打って関門を通過させていく。そして中央のゴールポールとかいうところに打ち当てると、一斉に歓声が湧きあがる。いい歳をして子供のようにはしゃいでいるのは誠に微笑ましいし、こうして老人が楽しみながら運動をしているのは、長閑《のどか》な風景だ。そこで吾輩はまた、

「アホー、アホー」

と大声で鳴いてやる。これは声援なのだ。しかしニンゲンには吾輩の気持ちは伝わらないようだ。吾輩の声など無視してボール転がしに興じている。まあこれは毎度のことで、気にすることはない。

そのうち年寄りたちも帰って行くと、偶に母親が小さな子供を遊ばせに来るぐらいで、学校から帰った子供たちがキャッチボールをしに来るまでこの公園はニンゲンの気配もなく静まりかえってしまう。もう見物するものはなくなった。そこで吾輩は翼の鍛錬を始める。

吾輩には夢がある。いつか、太陽まで昇っていって、大昔に別れた三本足のカラスに会いたいのだ。もしかしたら仲間に入れてくれるかもしれない。太陽まで昇るには強い翼がいる

だろう。吾輩は少々天気が悪くても身体を鍛えることを怠らない。

吾輩はケヤキの梢からゆっくりと羽ばたく。昔、イカロスとかいう若者が父親の忠告を忘れて高く飛び過ぎたために、翼を固めた蠟が太陽の熱で溶かされ海におちて死んだそうだ。空高く飛翔《ひしょう》すると、ニンゲンというものは得意になって自分の分限を忘れるのだろう。バカな話だ。吾輩はそんなことで我を忘れることはない。そもそも我々の翼は蠟なんかで固めたものではない。

吾輩は住宅地の上を旋回しながら準備運動をする。それから徐々に力を入れて高く飛んでいく。

ニンゲンの家々も公園の木立も、次第に小さくなっていった。大気は澄んで気持ちがいい。ますます昇るにつれて快感と陶酔に襲われる。眩暈《めまい》がする。だがもっと高く、吾輩の気持ちはぐんぐんと飛翔していくのに、身体の方がついていかない。ここらが限界だろう。そこで降下を始める。昇る時には気分が高揚し緊張するのに、降りる時は爽快な解放感がある。そこで吾輩はいつも使う屋根の上に舞い降りて、快い疲れを休める。

この一階の屋根は北側を二階の壁に遮られ、南にカキの木があって、それに接した隣家に囲まれているから、誰にも邪魔されずに憩うには最適の場所だ。

このあたりにはカキの木を植えている家が何軒かあるがここのカキが一番旨い。カキが熟す頃になると、二階の方の屋根にとまって上から物色する。中で最も熟れたカキを見付けてつつく。だがちょっとつついたところで二番目に熟れたカキに移る。これもほどほどにしてまた次のカキに穴をあける。え？　行儀が悪いって？　そうじゃない。吾輩は博愛主義者なのだ。吾輩のこの丈夫な嘴で固いカキの皮をつついて穴をあけてやっておくと、その後にヒヨドリがきて楽に啄《ついば》めるし、またその次には、嘴の弱いシジュウカラやメジロなどが喜んで平らげる。だから吾輩はみなの為にこうやって食べ残してやっているのだ。

いや、こんなことを吹聴するのではなかった。右の手のなすことを左の手に知らすな、と言うではないか。

葉を落としたカキの木はまだ芽吹いてもいない。裸の枝を通して青空が眩しいほど照りつけるこの日溜まりの屋根の上で、うつらうつらと気持ちよく目を閉じていると、ふと異様な気配を感じた。ニンゲンの気配ではない。賤《いや》しげで、不気味な感じだ。吾輩はそっと片目を開けてみた。いる、いる。すぐそばの屋根の庇の上に、黒と灰色の薄汚いトラネコがこちらを窺っているではないか。なあに、向こうがとび掛かる前に、こちらはさっと飛び上がるのだ。吾輩は寝たふりをしながら薄目を開け、しかし全神経を集中させて身構えていた。と、ネコが跳躍した。その一瞬前、吾輩は飛び上がった。ネコは空しく両手を宙にもがき、吾輩を恨めしげに見上げている。これは背筋がぞくぞくするほど、スリル満点の遊びだ。

ネコはくるりと向きを変えると、腹立たしそうに地面にとび降りた。だがまだ未練がましく、振り返って吾輩を睨んでいる。吾輩は二階の屋根にとまったまま、

「アホー、アホー」

と鼻の先で、いや、嘴の先でせせら笑ってやった。

ネコは道路に出ると、吾輩に尻を向け、肩を落として歩いていく。吾輩はそのあとについていった。ネコが角を曲がる。見ていると、向こうの家の生垣の下からするりと中に入っていった。

愉快な遊びが終わると、途端に腹が減っているのに気が付いた。何か食い物はないかと見回しているうちに、見慣れないものが目に入った。以前は空き地であった所に木の枠をこしらえてコンクリートが敷いてあるのだ。生来好奇心の強い吾輩はなにごとかと、空腹を我慢して見に行った。これはどうやら家を建てるらしい。丁度昼飯の時間で、ニンゲンが三人、隣の塀を風よけにして弁当を食べている。これはいい所に来たものだ。

以前、自然公園でスズメを追い回している時、芝生の上で親子らしい数人のニンゲンが弁当を食べているのが目にとまった。なにやら旨そうなにおいがする。吾輩は少し離れた芝生の上に降りて眺めていたが、この御馳走のにおいには抵抗できない。思わず知らず身体の方が吸い寄せられていく。ニンゲンを驚かさないように、一歩、また一歩、足音をしのばせて

近付いていく。こういう時、カラスの歩き方は具合がよい。左右の足を交互に出して歩くのは、他のスズメ目には出来ない独特のものだ。

食べ物には関心がないような振りをして、少しずつニンゲンとの距離をせばめていく。するとその時、小さな女の子が弁当箱の中から何やらつまんで吾輩の方に投げてよこした。この好意を無にしてはならない。素早く嘴に咥えて傍らの木の上に飛びすさった。堪らなく香ばしいにおいだ。塩鮭の皮の程よい塩加減といい脂の付き具合といい、吾輩は舌鼓を打ってむさぼった。

今日もその時のように塩鮭の皮をくれるかもしれない。腹の虫がぐうっと鳴るのを我慢して、コンクリートの土台の横に積んである材木の上にとまった。ニンゲンは吾輩を振り向きもせず食べるのに余念がない。そこで材木の上から飛び降りて用心深く歩いていく。物欲しげな様子をしてはいけない。物乞いは吾輩の趣味ではないのだ。殊更優雅に、まるでそこらを散歩しているかのように慎《つつ》ましげに、そのくせ目は弁当箱から離さない。ところがニンゲンは、吾輩が唾を飲み込みながら見守っているのに、食べ終わるが早いか弁当箱を片付けてしまった。

なんたる悲劇、だがカラスたるもの諦めが肝要だ。熱い期待を裏切られ、空きっ腹を抱えて、吾輩は悄然《しょうぜん》としてその場を立ち去った。

翌日は土砂降りの雨であった。こんな天気では公園の広場にニンゲンは誰も来ないだろう、吾輩は無聊《ぶりょう》を持て余しながら、食糧を求めて外出する以外は巣の中でつくねんと一日を過ごした。

その次の日は素晴らしい天気であった。大気は雨に洗われて清々しく、濡れた裸木から漂う香りが新鮮だ。

ニンゲンも雨に閉じ込められた後では、どうやら陽光が新鮮に感じられるらしい。体操をしたりボール転がしをしたりする様子が生きいきと楽しげだ。例の如くそれらを観察し、日課にしている翼の鍛錬を終えてから、家の建築現場にいってみた。

喰い物の恨みは恐ろしい。もしかしたら塩鮭の皮にありつけるかもしれないという一縷《いちる》の望みにひかれるとは、なんともお恥ずかしい次第だ。

しかし残念なことに、そこにニンゲンの姿はなかった。まだ乾ききらないコンクリートが、食い意地の張った吾輩を見上げて白々しく横たわっているだけだ。白々しくなるのは吾輩の方ではないか。

それからも吾輩は、性懲りもなくそこへ出掛けていった。

ある日のこと、いつもの所に行ってみるとコンクリートの上に材木を組み建てている。吾輩は隣家の屋根にとまって眺めていた。

二階建てらしい。ニンゲンの身体の大きさに較べて随分大きな家だ。生活するのにこんなに広い家が必要なのだろうか。起きて半畳寝て一畳、死んでしまえば土一升と言うように、生きるにはそれだけの空間があれば充分なのだ。吾輩の住処なんか枯れ枝を組んだだけのお粗末なものだ。だが卵は落ちなければいいのだし、雛を育てる適当な大きささえあればいい。それ以上の欲は出さない。吾、唯足るを知るというところだ。ところがニンゲンは、広いばかりか家屋に装飾をほどこし、このあたりの家は一つとして同じものはない。その個性とやらも、文化とかいうものなのだろうか。文化とは手間と金のかかるものだ。

吾輩が食い入るように目を凝らしているのに、ニンゲン共は一向に弁当を開く様子はない。こう焦らされては待っていられない。そこで、

「もう昼飯時だよ。カア、カア」

と鳴いてやる。するとその甲斐あってかニンゲン共は仕事をやめた。ところが吾輩が固唾《かたず》を飲んで見守る中、彼らはそれぞれ乗ってきた車に入って弁当を食べ始めるではないか。曇り日で風が冷たいからだろうか。折角昼飯の時間を知らせてやったのに、これでは当てが外れた。

吾輩が気落ちして帰ろうとすると、あのいつかのトラネコが狡《ずる》そうに周囲を見回しながらやって来るのに気付いた。そこでネコの四メートルほど前に舞い降りてやった。びっくりし

たように立ち止まったネコはちょっとの間体勢を整えているように見えたが、いきなりぱっと跳びかかってきた。だが吾輩が飛び上がる方が早い。ネコは上げた手を泳がせると、またも口惜しそうに吾輩を睨んでいる。

これで少しは腹の虫が治まった。

春はあけぼの。ようようしろくなりゆく山ぎわは、はるかかなたに隠れて見えない。大気はおぼろに霞み、このあいだまでは眩しいほどに輝いていた青空がやわらかく不透明な色に変わっていく。木々は躊躇いがちに芽を出し、モクレンは固い蕾をふくらませ始めた。

近頃、吾輩は鬱々として気が晴れない。胸の中に捉えようのない重い固まりと言うか、何とも分からぬものへの憧れというか、そんな思いを持て余している。ただ憧れを知る者だけがわたしの悩みを知ってくれる。だが誰がそれを知ろう。これが春の目覚めというものかもしれない。だから公園でのニンゲン観察も翼の錬磨もこのところやる気がしない。

そんなある日のことであった。行く当てもないのに惰性でいつもの公園に出掛けていくと、吾輩が定席にしているケヤキの枝に一羽のカラスがとまっている。怪《け》しからん奴だと勢いよく近付いた吾輩は、ふっと気後れがして危うく失速しそうになった。それは一羽の美しいメスのカラスであった。吾輩は辛うじて隣のケヤキの木に身体をとめて相手を眺めやった。胸がドキドキする。それは失速しかかったからではない。艶やかな彼女の羽の美しさに我を忘れたからだ。吾輩は枝ごしに彼女を盗み見た。と、こちらを振り返る彼女の目と合った。その円らな瞳のなんと眩しいことか。吾輩の身体に電流が走った。それは、人こい初めしはじめなり、であった。吾輩は勇気を出してそっと近付いていった。すると彼女は顔を背けてちょっと後ろにさがったが、それ以上逃げる様子はない。気がないわけではなさそうだと思った吾輩は、もうちょっと近寄った。彼女はまたあとずさりした。吾輩は大胆にまた二歩進んだ。すると彼女は大きく翼をふるわせると近くの家の屋根に飛んでいった。もちろん吾輩はそのあとを追った。やがて彼女が飛び降りた所は例の建築現場であった。今日は仕事休みなのかニンゲンの姿はない。むき出しの梁《はり》の上にとまって素知らぬ振りをしている彼女の様子は、こちらの気をそそっているとしか思えない。

髪は烏の濡れ羽色と、ニンゲンの美人の髪の美しさを譬《たと》えているが、彼女の羽の美しさはとてもニンゲンの髪の及ぶところではない。青みがかった黒い羽は匂やかな光沢を放ち、触れなば落ちんばかりのたおやかな風情といい、わずかに腰をふって梁を歩く優美な姿といい、恋する心はいやが上にも燃え上がっていく。恍惚と見惚れていると、彼女が不意に険しい目付きで道路の方を見やった。吾輩がその視線の先を追って見ると、あのトラネコが足音を忍ばせてこちらにやってくるではないか。普段ならば決して悟らぬことはないのに、恋に盲目になるとは恐ろしい。総身に鳥肌がたった。だがそれを彼女に気取られてはまずい。

吾輩はネコのことなんか百も承知だと言わんばかりに、何食わぬ顔で床の上に飛び乗った。ネコは身じろぎもせずに吾輩を見詰めている。吾輩は間合いをはかって待った。それは息詰まるほど緊張した時間だ。と、ネコが音もたてずに跳びあがる。吾輩は間髪をいれず飛びすさった。この命懸けの遊びに彼女は驚いたように可愛い目を見張っている。吾輩は胸を張って少し後ずさりすると、これ見よがしに翼を羽ばたかせて、またもネコを挑発してやった。案の定、ネコは誘いに乗ってきた。こうやって何度もネコをからかっているうちに、次第に彼女が息を詰め、熱っぽい眼差しで吾輩に見とれているのが肌に感じられる。吾輩は決して失敗はしない。それは正に得意の絶頂であった。

だが、なんたることか。歓喜と期待に胸をときめかせて彼女を見やった一瞬の油断が、吾輩の一生の不覚であった。

あっと思った時は、既に遅かった。吾輩の胸倉はネコの爪に捉えられ、喉笛には歯が食い込んでいた。

「早く、こいつの目ん玉を突いてやってくれ」

こうなったら恥も外聞もあったものじゃない。吾輩はもう声も出なくなった喉を震わせて叫んだ。

ああ、それなのに、彼女は素気なく肩をすくめると、屋根の庇をくぐり抜けて飛び去っていった。

（なんて薄情な、メスって奴は……）

消えかかる息の下で、吾輩は胸をかきむしらんばかりに彼女を呪った。

え、なに？　死んだ吾輩がこんな手記を残せるかって？　そこがそれ、カラスの超能力のしからしむるところさ。さて吾輩、来世はニンゲンに生まれ変わってみようかな。

山間

山　間

笠間真一は電車を降りてあたりを見回した。

伊勢湾に面した田舎の駅は人影も少なかった。四十年前、故郷を出奔して東京へ行く列車に乗るために唯一度来たこの駅は、ほとんど彼の記憶にない。それでも迷わずに改札口を出てタクシーを拾った。

座席に坐ると、なぜか疲れが出た。二度と来るべきではなかったのではないだろうか、長い年月彼の心を捉えていた郷愁と罪の怖れが、全身に膨らんでくる。だがやはり決心して来てしまったのだ。今更戻ることは出来ない。真一は深く座席にもたれて目を閉じた。

家並みを通り過ぎると田畑に出た。田植えが終わったばかりの水田に、真昼の初夏の陽光が眩しく輝いていた。やがて車は左右を木立に包まれた川に沿って遡っていった。

「あの村へは、川の左側の道を行ったように覚えているけど……」

目を開けた真一は、車が川の右側を走っているのに気が付いて運転手に声を掛けた。

「昔はそうだったんですがね。今走ってるのは、ダム工事の資材を運ぶために作った道なんです。旧道は狭くて、あんまり車も通らないんですよ。でももうすこし先でこの道と合流します」

中年過ぎらしい運転手は前方に目をやりながら説明してくれた。真一は窓の外に目を凝らした。旧道には車も人の姿も見えない。この新道にも走っているのはこの車だけだ。

岸の向こうの旧道は、昔彼が中学校に通った道だ。今も深い木立に覆われて往時のままひっそりとしている。

やがて二本の道が合流してしばらくすると視界は広がり、真一の故郷の村の跡に出た。

「お客さん、ここでいいんですか？」

運転手が振り向いた。角ばった顔の、色の黒い男であった。

「悪いが、ここでちょっと待っててほしい」

「へえ？　このレストランに来られたんじゃないんですか？」

車を降りる真一の背に、運転手が訝《いぶか》しそうに声を掛けた。

明かるい陽射しの下には、豊かな水をたたえたダム湖と、小さなレストランの他に人家はない。

「ああ、ここに来たかったんだよ」

(ここは、俺の生まれ故郷なんだ)

心の中で噛みしめた真一は、いくらか足を引《ひ》き摺《ず》りながら歩き始めた。

道路際に、古びた二宮金次郎の銅像が立っている。以前、この銅像は校門を入ったところにあった。ただこれだけが、昔ここに村があり小学校があった名残《なごり》だ。

小学校五年生の真一は、山裾に沿った道を、酒瓶を抱え、片足を引き摺って歩いていた。人はこのあたりを七曲がりと呼んでいた。道は山と川に挟まれ九十九折《つづらお》りになっているが、所々道と川との間にわずかな平地があって、そこにしがみつくように人家が点在していた。真夏の太陽が照りつける。額の汗が流れて目にしみるのを、彼は酒瓶をかかえたままシャツの袖で拭きふき歩いた。

やがて道に張り出した喬木《きょうぼく》の下に来て真一は足を止めた。本の陰が涼しい。倒れないように酒瓶を道端に置くと、草の上に腰をおろした。

風が木の間を渡り、火照った彼の身体から汗をさらってくれる。森の中では小鳥や蟬が鳴いていた。彼は目を閉じて木の葉のそよぎや彼らの声に聞き入った。

一休みした真一はまた歩き出した。山角を曲がると、それまで笹に覆われていた川の周囲が広がる。河原には村の子供たちが遊んでいた。真一が背中を丸め小さくなって足を速めて行くと、

「やーい、酔っ払いの子——」

目聡《めざと》く彼を見付けた一人の子供が大声で呼びかけた。すると、

「びっこひいて、酒買いか？」

「おめえの父ちゃんは、誰だよう――」

川で泳いでいた子供たちまで水から出て口々にはやし立てる。

真一は振り向きもしなかった。もう身体を縮めることもしない。

突然、小石が一つ真一の足元に落ちた。続いてもう一つ、今度は彼の肩のそばを飛んでいった。酒瓶に当たらないように彼らに背を向けた途端、腰骨にしびれるような痛みを感じた。石が命中して歓声をあげている子供たちに、真一は痛みをこらえてアカンベエをしてみせた。内心は、こんな酒瓶なんか、彼らに投げ付けてやりたかった。だがそんなことをすれば父親からどんな折檻《せっかん》を受けるか分からない。彼は投げ捨てたい衝動をじっと堪《こら》えて足を速めた。家はすぐそこだ。

河原の子供たちは、真一がいつものようになんの反応も示さないのにつまらなくなったのか、また水遊びを続けた。

真一が家の戸を開けようとした時、

「今日も、酒買いに行かされたんか？」

家の裏手から太い声がした。隣に住んでいる大叔母の菊ばあさんだ。

「また、ワルガキにいじめられたんだろう？」

菊が聞こえよがしに言った。

「まったく手におえんワルガキだ。お前もなんで言い返さんのだ。おとなしくしとるから、馬鹿にされるんだぞ」

彼女は短い足にのった太い腹を突出しながら近寄ると、酒瓶を取り上げた。

「あんな奴らと喧嘩したって、つまんねえだけじゃないか」

頬を膨らませて言い返したものの、真一の目に今までこらえていた涙が不意に滲《にじ》み出た。

「泣くな、男だろうが」

菊は真一を抱き寄せると、エプロンで涙を拭いてくれた。元の色も分からなくなったエプロンは、石鹸と醤油と魚のにおいがした。

「また、昼間っから酔っぱらってんのか？」

菊は真一の肩を抱いて家に入ると、大声で怒鳴った。

真一の家の表は店になっている。店といっても、変色して字も読めなくなった洗剤の箱が二つ三つと、茶色くなった軍手の束、何が入っているのか長年開けたこともないダンボールの箱などが幾つかのっている、埃をかぶって傾いている棚の下に、これも埃に汚れて壊れかけた台があるだけだ。雑貨屋をしていた時、この台の上にはビー玉やメンコや駄菓子などが並んでいて、小遣を握った子供たちが目を輝かしてやって来たものだ。それが、いつの間にか仕入れもしなくなり客も来なくなって、店は家人の出入り口だけになった。

「奥にいるんだろ？　いるんなら、なんとか言えよ」

菊がもう一度がなり立てた。すると、奥でもそりと人の動く気配がして、ガラスの一枚取れた障子がガタンと乱暴に開けられた。

「うるせえばばあだなあ。俺はちゃんとここにいるんだ。さっさと帰ってくれ」

障子から顔だけ出した男は、真一を見向きもせず、赤く濁った目で菊を睨んだ。

若い頃は好い男と言われただろう顔は酒にやけただれ、腐った苺そっくりにふやけた鼻がそこだけ別の生き物のように突き出ている。真一は父親から目を逸らせて菊の背に隠れた。

「言われなくったって帰ってやるよ。だがな、言うだけは言わせてもらう。てめえは銭一文稼ぎもしねえくせに、朝から晩まで飲んでやがる。娘の働いた金で酒飲む親なんて、聞いたこともねえ。昔から酒は気違い水と言われてんだ。ちったあ働け。汗水流して働きゃ酒気も取れるわ」

「きいたふうな口ききやがって、毎日同じ御託は聞き飽きた」

「へえ、わしに言われたことは覚えてるらしいな。それならなんとかしろ。どうだいこの店のざまは——。お前の親が早く死んでよかったよ。こんなお前の自堕落を見ないで済んだからな。親の代までは、このあたり一番の物持ちだったのに、山も畑も、お前が全部飲んじまったんだ。残ってるのはこの家だけだ」

「うるさいって、言ってんだ」

父親は障子を開けるなり、素足でとび出してきた。

「酒買ってきたんなら、さっさとよこせ」

父親は菊から酒瓶をひったくるなり、彼女を突き飛ばそうとした。だが菊は太った身体に似合わず素早く身をかわした。父親ははずみを食ってよろけそうになったのを、やっと壊れた店の台で支えた。台がぎしっと大きく揺れて倒れそうになる。菊と真一は後も見ずに表に逃げた。後ろから父親の罵声が追いかけてきた。すると菊はくるっと振り返って、

「これから、坊主に酒買いに行かすなよ」

言い捨てるなり、真一の手を取って自分の家の方に歩いた。

すえたようなにおいのこもる店から出ると、肌にまつわりつく暑ささえ快く感じられる。庭先の無花果《いちじく》の下の百日草の花が鮮やかに眼に染みた。

「昼飯は食ったのか？」

菊はまだ息を弾ませながら真一の顔を覗いた。彼は黙って首を振った。腹が空いていたのも忘れていた。

「うちへ来い。お前の好きな芋の煮付けがあるぞ」

「うん。姉さんが作ってくれたの、持ってく」

「そうしな。待ってるからな」

菊は両手を後ろに組み、太った腰を振りながら帰っていった。

五歳齢の離れた姉の咲子は、中学を出るとすぐに村役場に勤めた。それまでは菊が家事をやってくれていたが、咲子が勤め始めると父親は菊を追い出してしまった。咲子は出掛ける前に父親と真一の昼食まで作らなければならなくなった。洗濯だけは菊が見かねてしてくれるが、それも父親の目に触れないようにしなければならなかった。

真一はそっと茶の間に入った。飲んでいるのだろう、父親の部屋は静かだ。

卓袱台《ちゃぶだい》には食べ散らかしたままの皿や箸が乱雑に放り出してあった。いつものことながら苦い思いが口に湧く。彼は急いで食べ物を盆にのせると菊の家に行った。

「暑いのに隣村まで行って、くたびれたろ」

菊は麦茶をいれてくれた。真一は一気に飲みほすと、大きく息をついて濡れた唇を拭いた。途端に腹の虫がぐっと鳴った。

「うまいか?」

息もつかずに煮物を食べている真一を、菊が目を細めて聞いた。

「うん。ばあちゃんの煮物はいつ食べてもうまい。これ少し姉さんに持ってっていいか？」

「それはお前の分だ。みんな食っていいんだよ。姉さんのは、帰る時、持たせてやる」

「うん、ありがとう」

満腹すると、酒瓶を抱えて山道を歩いたのも、友だちにいじめられたのも、ずっと遠くに追いやられた。

独り暮らしの菊の家はいつ来てもきれいに掃除が行き届いている。真一の家では、汚すのは父親であった。新聞は畳の上に放り出したまま、着替えた衣類も空になった酒瓶も所構わず投げ捨ててあるし、家の中は年中酒の腐ったようなにおいがこもっていた。菊のきれい好きと飽きもせず言われる小言に腹を立てて彼女を追い出してからは、咲子が身の周りを片付けるぐらいであった。

山間の農家はどこも同じように貧しい。だが藁や堆肥や鶏や、柱や壁にしみついた土のにおいの中に、家庭の温もりが感じられる。そこでは主婦が洗濯や掃除や食事をこしらえたりする生活の動きがある。時には子供を叱る、あたり構わぬ声さえ明かるい。

母親のいない真一の家では、酒のすえた臭気と父親の罵声の中で地中の虫のように息をひそめているだけだ。家といっても唯あるだけで､瓦が落ちても羽目板が外れてもそのままだ。まるで、村中の悪臭とごみが溜まっているとしか思われない惨めさに、真一は村の家々と友人への羨望を押し殺すしかなかった。

「宿題は、やったか？」

食事の後片付けをしながら菊が訊いた。

「うん、ぼつぼつな」

言われるだろうと思っていた真一は歯切れの悪い語調で答えた。

「勉強はしなきゃいかんぞ。お前の姉さんは小学校でも中学でも、いつも一番だったんだ。先生が高校に行けと奨めたのに、父さんが行かせなかった。自分は親から東京の大学まで行かせてもらったのによ」

菊が溜息まじりに言った。この話は今までに何回も聞いた。聞くたびに、父親に逆らったことのないおとなしい姉が不憫になる。その気持ちは父親への反感を増殖させていた。

「なあ、ばあちゃん」

不意に真一は改まった口調で話を変えた。

「前から訊こう訊こうと思っとったんだけど、なんで俺はびっこなんだ？　生まれた時からこんなんだったんか？」

ひたと見詰める真一の眼差しに、菊はたじろいだように目を逸らせた。

「ばあちゃんは、本当のことを知ってるんだろ？　な、教えてくれよ」

真一は身をのり出して菊の膝をゆすった。俯き加減の菊の日に焼けた首筋に、太い皺が幾つも刻まれている。真一はそれを眺めながら、黙っている菊にしつこくせがんだ。

「お前が、一番気にしとることだからな」

ようやく菊は諦めたように話し出した。

「だがな、わしがこの目で見たわけじゃないし、このことがお前の足の悪くなった元だと言い切ることは出来んから、その積りで聞いてくれよ。お前がやっと歩き始めた頃だった。突然、お前の激しく泣き出す声がしたんで、わしは洗濯を止めてとんでいった」

菊は辛そうに声を途切らせて鼻をすすった。

「父さんが突っ立ってる下で、お前は畳にうつ伏せになって泣いてた。そばで咲子がおろおろしながらお前の頭を撫でてるんだ。急いで抱き起こそうとしたが、火がついたように泣き喚いて触らせもしない。どうやら足が痛いらしい。骨が折れてるかもしれんから、医者に連れてくと言ったんだが、子供は猫と同じで、ちっとやそっとで骨が折れるもんじゃない、俺の子供のことはほっといてくれって言うんだ。それからお前はちょっと身体を動かしても、村中に聞こえるような大声で泣く。あとで咲子に聞くと、父さんが蹴飛ばしたって、教えてくれた」

「――――」

真一は息を飲んだ。胸の中にどす黒い塊を詰め込まれたような、身動きも出来ぬ息苦しさに身体を強ばらせて菊を見守った。

「昔は、毛虫も殺せないやさしい子だったのにのう。だが本当のとこは、子供の話だから分からん。そのうちお前はもう泣かなくなった。そしてまた歩きはじめたよ、よちよちと。だが片足を少し引き摺りながらな」

菊は目をしばたたいて、ほっと息をついた。

真一の押し潰された胸からはどんな言葉も出ない。悲しみと恨みと、この足が曲がったまま付いて、もうどうにも仕様がないという諦めに泣くことも出来なかった。彼は、菊を凝視していた目をぎごちなく逸らせた。

縁側に吊るされた風鈴が、時折思い出したように鳴る。夏の陽光に充ちた山の木々や草花や、明かるい農家の屋根や庭を渡ってくる風に揺れるその爽やかな音が、真一の痛みをえぐる。口を開けば、身体の無数の傷から血がほとばしるような気がした。

真一は黙って外に出た。菊も何も言わない。

裏山は奥深い山に続いている。その南に向いた草地は、幼い時から真一の一番好きな場所であった。この日溜まりに寝ころんで木々のざわめきや鳥の声を聞いたり、下草のにおいを嗅いだりしていると、なぜか心の痛みが癒されるのであった。やっと芽吹いた木の芽がやがて夏になって伸び広がり、いつの間にか金色に輝く秋の夕映えの中に散っていく。ここは四季の移り変わりがいち早く感じられる場所だ。ここでは誰も真一をいじめない。小鳥も木々も、小さな草も小石も、用ありげに行き来する蟻まで、みな彼の友だちなのだ。

だが今日はどうしたことだろう。いつも親しげに彼を迎え入れてくれるのに、全てが妙によそよそしい。蟬などは真一を無視して、自分だけが夏を謳歌《おうか》しているとばかり鳴きたてている。彼は一層みじめな気持ちになって、蟬の鳴いている木の幹を手荒くゆさぶった。蟬はチチッと舌打ちするような声を浴びせて木立の奥の方に飛んでいったかと思うと、前よりも声高に鳴きだした。

真一はやりきれない思いに大きな吐息を洩らした。

下草の間から覗く黄色の花の上を蜜蜂が飛び回っていた。その小さな花は、蜜蜂の羽のおこす風に震えているのか、吸いきれない光に酔っているのか、かすかに揺れていた。この日溜まりは、今日は真一の気持ちを冷たく逆撫でする。

軽い眩暈を感じた彼は草の上に腰を下ろして空を見上げた。白い雲が眩しかった。じっと見ていると、雲は少しずつ形を変えていく。大きな雲の周りに尻尾のようにとび出ていた端が、次第に小さく丸くなってその大きな雲に吸い込まれていく。大きな雲はふんわりと軟らかく温かそうだ。

（あの大きいのは、雲の母さんだ）

真一には、大きな雲の周りにまだ残っている先端が、母親に抱かれたまま投げ出している子供の足に思われた。

真一は声を上げて泣き出した。この安らぎの場所すら、彼を慰めてはくれないのだ。彼には母親の記憶はない。父親も菊も姉も、母親のことを話してくれたことは一度もなかった。物心ついてから、母親の話をするのはいけないような空気を子供心にも感じて、口に出したことはなかった。近所の子供たちが親から聞きかじって彼を嘲る言葉から、母親が自分たちを捨てて他の男と逃げたということは知っていた。だが真一はその話を、菊にも姉にも黙っていた。

不意に記憶の底から、幼い日の一つの出来事が蘇った。

小学校に上がる前のことであった。その頃はまだ店は細々と続けられていて、子供たちは駄菓子や文房具や、プラモデルなどを買いに来ていた。真一は前々から友だちの買うプラスティックの模型がほしかった。それは丁度彼の手の届く低い棚に並べてあった。父親が店にいないのを見て真一がそれを取り上げた時、運悪く父親が外から戻って来た。

「店の品物に触るんじゃないと、言っといたろう」

父親は、模型を握っている真一をいきなり殴りつけた。

「これが、ほしい――」

父親は怖かったが、どうしても友だちと同じものが欲しい真一は模型を握って逃げようとした。

「俺の子でもないのに図々しい真似をするな」

父親は声を荒げると、真一の手から模型をもぎ取った。その時の憎しみに血走った父親の目も、その前後のことも思い出すことは出来ないが、受けた衝撃だけは今も記憶に残っている。

(やっぱりそうだったんだ。自分の子じゃないから、俺をびっこにしたんだ)

疑いながらもまだ残っていた心の滓《おり》が消えて、抑えきれない憎しみが全身に広がっていく。

いつの間に蟬の声が止んだのか、あたりは恐ろしいほど静かだ。木々の梢は揺れているのに音もない。蜜蜂の羽音も小鳥の声も消えて、真一は、不気味な静寂の中に独り取り残された不安に戦《おのの》いた。

彼は目を閉じた。瞼の裏の大きな白い雲の残像が眩しい。それが次第に消えていくのを眺めながら、いつの間にか眠ってしまった。

時は流れても真一の家には変化はなかった。ただ相も変わらぬ父親の酒浸りで、ますます荒れすさんできただけであった。

真一は以前ほど裏山に行かなくなった。

「この山は、今日からはもう俺んとこのものだからな。勝手に入るなよ」

ある秋の日、真一が栗の木の下でいつものように寝ころんでいるのを見付けた叔父が、疑わしげに彼の身体を眺め回しながら言った。

「ただ寝てるだけだよ。山菜だって栗だって、なにも取っちゃいないよ」

起き上がった真一は、叔父の前で大袈裟にズボンのごみを払ってみせた。

彼はこの叔父が嫌いであった。かつては父親のものであった山も田畑も、今は叔父の物になっている。父親から勝手に取り上げたのではなく、酒ばかり飲んで収入のない父親から買い取ったのだという事情は分かっている。だが吝嗇で、弟のくせに兄に向かって横柄な口をきく。すると二人の間に口汚い喧嘩が始まる。聞いている真一にはどちらもどちらで、虫唾《むしず》が走るほど不快になる。その叔父にまた嫌味を言われるのではないかと思うと、以前のように気軽に裏山へ行けなくなった。

だが真一は裏山が忘れられなかった。農協に勤めている叔父に見付からない時間を測ってこっそり上ることがあった。彼の心を癒してくれた風のそよぎや小鳥の声を懐かしみに、脱ぎ捨てた子供の時の靴を見付けようとするかのように——。

中学三年の夏休みに、真一は前々から考えていた店の片付けを始めた。

何年も放ってあった店は芥《ごみ》と蜘蛛の巣と壊れた棚で、どこから手を付けていいのか分からないほどであった。頭から埃をかぶりながら棚を外す。棚は反り返って使い物になりそうもない。壁に染みついた汚れは、洗剤を付けたタワシでこすってもきれいにならない。だが真一は根気よく仕事を続けていた。咲子も休みの日には、台所の片付けを終えると手伝ってくれた。

「姉さんはいいよ。店の片付けは俺独りでやる。折角の日曜に働いたんじゃ、身体が休まらないからな」

「真ちゃんだって、勉強があるじゃないの。来年は高校なのよ」

咲子が頭に被った手拭の下から言い返した。

「俺は高校なんか行かないよ。中学を出たら昔のように店をするんだ。いつまでも姉さん独りに働かせない」

「いいえ。店をするのは賛成だけど、真ちゃんには高校にも、大学にも行ってもらいたいの。わたしが働いて、なんとかそれだけはしてあげたいの。わたしは働くのは好きなんだから――」

「そんなことしてたら、姉さん、嫁に行けなくなっちゃうぞ」

「あら――」

咲子は頬を赤らめて真一を軽く睨《にら》んだが、その顔はどことなく淋しげであった。

(姉さんは、本当は高校に行きたかったんだ)

彼は思わず視線を逸らせると、

「あいつが一人前に働けば、姉さんだけが苦労することないんだ」

真一は聞こえよがしに言った。

「あいつって、お父さんのこと？　駄目よ、そんな言い方したら」

咲子が非難するように言ったが、すぐ口調を和らげた。

「わたしは、別に苦労してるとは思ってない。真ちゃんも、もうちょっとお父さんにやさしくしてあげてね」

「やさしく出来るわけないだろ。あいつは姉さんだけ働かせて、自分は酒ばかり飲んでるんだ。その酒代だって、姉さんが払ってんだ」

憎しみに真一の声が震える。咲子は目を見張って見返したが、すぐに言葉が出ないのか肩を落として溜息をついた。父親の部屋からは人の気配も感じられない。

「お父さんが悪いんじゃないのよ」

しばらくして咲子が静かに口を開いた。

「お酒がお父さんをあんなにしたのよ。昔はやさしいお父さんだった。肩車をしてくれたりマリつきしたりして遊んでくれたわ。今は辛い気持ちをお酒で忘れようとしてるだけで、そのうち必ず元のお父さんに戻る。もうしばらく我慢してあげてね。真ちゃんはやさしい子だったのに……」

咲子が悲しそうに言葉を切った。

(俺はあいつだけは許せない。俺をびっこにしたのはあいつなんだ。なんでそんな奴を憐れまなきゃならないんだ)

真一は舌の先まで出かかった言葉を飲み込んで、咲子を見詰めた。

色白の頬は血の気が薄く、整った小作りの顔に黒目勝ちの目が淋しそうであった。

彼をびっこにした父親が姉を肩車したりマリで遊んだりしたとは初めて聞いた。あの父親が——。父親への憎しみの中に、姉に対する妬みが湧いてくる。彼は自分でも制御出来ない心を持て余しながら黙って仕事を続けた。咲子ももう話し掛けることもなく、汚れたダンボールを片付けている。しばらくして、

「今晩は、真ちゃんの好きなカレーライスを作ろうね」

咲子が思い付いたように口をきいた。弾んだ明かるい語調であった。

「うん、嬉しいな」

ぎごちない沈黙に息が詰まりそうになっていた真一は、ほっとして咲子を振り返った。小

首をかしげながら彼を見上げる彼女の穏やかな眼差しが、包み込むばかりに温かい。彼は不意にさっきの妬みが薄らぐのを感じた。

「じゃあ、あとは真ちゃんに任せるわね」

言いながら咲子は台所に去って行った。

生活を立て直すということは考えただけで気持ちが浮き立つ。店の再建はなによりも咲子のためであった。店を今までより大きくして、姉に似合うきれいな服も飾る。金が出来たら裏山を叔父から買い戻し、付近の子供たちを集めて蝶や蜜蜂や花や木が皆の友だちだということを教えてやろう。栗の木をもっと植えて秋には皆で栗拾いをしよう。真一の夢はふくらんでいった。それはもはや夢ではなかった。きれいな品物や愉しい玩具や、美味しい菓子を並べた店や、子供たちに鳥の名を教えている自分の姿が現実のものとして浮かぶ。

何が入っているのか分からない窓際のダンボールを下ろすと、今まで遮られていた光線が店の中に射し込む。夏の夕暮れ近いその輝きに目をしばたたきながら、しゃがみ込んで棚の釘を抜いている真一の頭の上で、

「なにをガタガタいわせてるんだ。うるさいじゃないか」

突然、父親がガラス障子を開けて怒鳴った。

「見りゃあ分かるだろう。片付けてんだ」

顔も上げずに真一は言い返した。

「やかましいんだよ。誰もお前に店の片付けを頼んだ覚えはない」

「頼まれはしないよ。この店は俺と姉さんとでするんだ。酔っ払いはすっこんでろ」

「なにを――。この家は俺のもんだ。お前なんかに店をさすもんか」

父親は障子を思い切り開けると、息を切らせながら土間に下りかけた。真一はその水ぶくれしたような重い足音に思わず立ち上がって父親の前に立ちはだかった。その途端、父親はぎくりと顔を強ばらすなり、慌てて部屋に戻ると勢いよく障子を閉めた。思い掛けない父親の行為に茫然とした真一は、自分が錆びた大きな金槌を手に握ったままだったのに気が付いた。父親がなにを怖れたのか、真一は自分の方が恐ろしくなった。彼は金槌を土間に投げ捨てると外へ飛び出して行った。

落日を背にした山の稜線が、赤く染まり始めた空と山をくっきりと分けていた。いつもは親しげに彼を包む山の木々が、今は逆光に黒々と冷たく見下ろしている。三方を山に囲まれているこの村は光の届かない谷間に沈んで、河原からはもう子供たちの声も聞こえない。あたりの静けさに立ち竦《すく》んでいると、

「もう仕事は終わったのかい？」

後ろから声を掛けられた。菊だ。真一は我に返って振り向いた。

「疲れたのか？　なんだか顔色が悪いぞ」

「いや、別に……」

真一は菊を眺めた。毎日のように顔を見ているのに、ずいぶん長い間会わなかった人のように懐かしい。

「冷奴を持ってきたぞ。体力を付けないと夏バテになるからな。それはそうと、また店を始めるなんて、わしは楽しみにしとるんだよ」

「うん」

白髪の増えた菊の頭に目をやりながら、真一は気持ちが和んでいくのを感じていた。

「店が出来たら、ばあちゃんも、手伝ってくれるのか？」

「当たり前じゃないか。もうなにも使い物にならなくなったと思っとるのか？　これでも店番ぐらいは十分出来るんだぞ」

「うん、でも……」

真一は言葉を濁した。

「でも、なんだ」

菊が訝しげに眉を寄せて真一を見上げた。

「このあいだ、叔父さんが言ってたの思い出したんだ。いつまでも菊ばあちゃんに独り暮らしをさせないで、町へ行った息子が引き取るらしいって。そのうち、ばあちゃんはいなくなるんだって――」

話しているうちに喉が塞がってくる。

「なんだそんなことか。わしはどこにも行かん。ここがわしの故郷だ。ここで死ぬと決めてるんだ。そりゃ町へ出た息子も娘も、ここを引きあげて町へ来いと言っとる。どっちを向いてもどっかで血の繋がってる所では、息が詰まるって言ってな。そう言われればそうかもしれん。だがな、娘は嫁に行ったんだから仕方ないが、息子が二人とも故郷を捨てたのは気に入らん。わしは絶対ここから離れん。死に水はお前にとってもらう積りだ」

菊は眦《まなじり》を上げて真一を見詰めた。

「知ってのとおり、わしの実家は隣村だ。弟の嫁は残っとるが、付き合いは法事だけになってしもうた。わしの姉さん、つまりお前のお祖母さんはきれいな人でな、見染められてここへ嫁入りしたんだ。その縁でわしは姉さんの亭主の従兄弟と結婚したんだよ。姉妹は隣同士で助け合って暮らしてきた。亭主に先立たれた姉さんは、亡くなる時、後に残す二人の息子のことをくれぐれもよろしくと頼んでいった。まだお前の父さんが大学に行ってる時だったよ。そして、わしも亭主に死なれた。あれからもう二十年以上になるんだなあ」

菊は遠い昔をしのぶように空を見上げた。

「咲子は姉さんに似てやさしいきれいな娘だ」

菊の溜息が真一の胸に伝わってくる。

夕焼けは次第に東の空まで染めて、山間の村は薄い靄《もや》に沈んでいった。近くの人家から子供の甲高い笑い声が聞こえる。カレーライスのにおいがかすかに漂って来た。


二学期が始まると、店の片付けは前ほど捗《はかど》らなくなった。だが開店までまだ数ヵ月もあるのだからと、真一はのんびり構えることにした。父親はあれから小言を言わなくなった。

それはある夜のことであった。縁の下で鳴く虫の声を聞きながら真一は寝入った。どのくらい眠っていたのだろう。どこから入ったのか突然数百数千の虫が飛び込んで来て、部屋いっぱいに不気味な羽音をたてながら一斉に真一に襲いかかってきた。はっとして目が覚めると、隣の咲子の部屋でなにか争うような気配がする。部屋には虫は一匹もいない。真一は耳を澄ませた。

「お前だって、俺の子かどうか分からん。お前にも、あの売女の血が流れてるんだ」

父親の嘲るようなねばっこい言葉に真一は飛び起きた。

「なに言ってんの。お父さんのくせに、こんなことするなんて——。出ていって——」

弟を起こすまいと憚《はばか》っているのか咲子の声は押し殺したように小さい。だがもつれあっている物音は襖越しに響いてくる。真一は夢中で間の襖を開けた。

剝ぎ取られた布団の上で、大きなモノがうごめいている。慌てて電灯を付けた真一は息を飲んで立ち竦んだ。

明かるい光の下に曝《さら》されたそのうごめくモノは、咲子に覆い被さっている父親であった。その下に投げ出された咲子の白い腿が眩しい。

「姉さんに、なにするんだ――」

おぞましさに真一の喉が潰れる。

「うるせえ、あっち行ってろ」

ちらと振り向いた父親の顔が、憎悪と欲望にギラギラ光っている。

「けだもの――」

咲子の方を見る余裕もない。真一は父親の身体を引っ張った。だが咲子に腕をからませている父親の身体は、彼の力では引き剝がせない。彼は拳骨で所構わず殴りつけた。

「向こうへ行けって、言ったろう。そんな力で俺に敵うもんか」

父親は振り返りもせずにせせら笑った。真一は、その歪んだ笑いにかっとなった。

素手では父親に敵わない。あたりを見回すと、小簞笥《こたんす》の上の大きなコケシ人形が目についた。なんでも構わない、真一はそれを取り上げると、思い切り父親の頭を殴りつけた。

「やめて――」

咲子が叫んだようだが耳に入らない。父親の洩らす呻《うめ》き声も聞こえなかった。殴り続けているうちに、憎しみ、怒り、今まで抑えに抑えていた敵意が激しい狂気となって噴き出してくる。

「やめて、真ちゃん、もうやめて――」

泣き叫ぶ咲子の声に、彼はようやく正気を取り戻した。

父親は咲子の上で動かなくなっている。後頭部から血が滲み出ていた。水を吸った綿のように重くなった父親の身体を動かして咲子を助け出すと、

「きゃあ――」

と叫ぶなり、彼女は乱れた寝間着の裾を直すのも忘れてその場に蹲《うずくま》った。はっとした真一は慌てて父親の身体を揺さぶった。しかし、ぐんにゃりとしたその身体には反応がない。彼は茫然とした。身体が震えて歯がカチカチと鳴る。目は父親の身体に凍り付いているのに、何も見てはいなかった。

やがて真一は、虚ろな視線を咲子に這わせた。彼女は両手で固く胸を抱き、放心したように宙を眺めている。真一は、自分を駆り立てた衝動の恐ろしい結果に泣き出した。しばらくして咲子は乾いた目を真一に向けると、

「ばあちゃんに相談しよう。真ちゃん、行って、ばあちゃんを起こしてきて――」

その声は震えて、青白い顔はなにかを見据えるように強ばっていた。真一は黙って頷くと走り出した。足がもつれて勝手口の敷居で躓《つまず》き、裏庭の小石に転びそうになりながら、やっと菊の家に辿り着いた。

「どうした、こんな夜更けに――」

寝間着のまま出てきた菊を見た途端、真一は身体中の力が抜けるのを感じた。

「すぐ来てくれよ。な、頼む」

足ばかりか口ももつれて言葉が出てこない。真一は菊の手を摑むなり家に引っ張ってきた。

部屋に入った菊は一瞬たじろいだように立ち止まった。咲子はもう普段着に取り換えていたが頭の取れたコケシはそのまま布団の横に転がっている。菊は父親に駆け寄ると脈に触れたりしていたが、顔を上げるともの問いたげに二人の顔を見比べた。

「姉さんに乱暴しようとしたから、俺が……」

真一がしどろもどろに言い掛けると、

「言うな、もう何も言うな」

菊が厳しい口調で遮った。

「酒が狂わせたんだ」

悲痛な口調で呟《つぶや》くと一瞬目を閉じた。櫛を入れない彼女の白髪が震えている。

「とにかく医者に来てもらおう」

顔を上げた菊はしっかりした声で言った。

「本当のことが知れたら、先祖代々続いたこの家に傷が付く。そんなことになったら、わしは死んだ姉さんに申し訳が立たん。医者には二人とも、一言も喋るんじゃないぞ。あとはわしに任せとけ。さ、はやく医者を呼んでこい。あ、寒いから褞袍《どてら》でも着て行けよ」

家に電話のない真一は追い立てられるまま外に出た。

真一は夜道を急いだ。大気は冷たかった。その冷気も感じなかったのは褞袍のせいばかりではなかった。

菊の実家の親類に当たる医者は夜中にもかかわらずすぐ起きてくれた。車の中で色々と尋ねる医者に、下手に喋ってはいけないと思った真一はろくに返事もしなかった。

「いつものように酔っぱらっていたんだろう。店の土間に倒れてたらしい」

医者の顔を見るなり澱みなく話す菊の言葉に真一は思わず顔を上げたが、目顔で制する彼女の視線に合って、慌てて俯いてしまった。

「物音にこの子たちが起きて見付けたんだ。誰も見てなかったから分からんが、足を踏み外して倒れて、頭でも打ったんだと思うよ」

医者は父親の頭を調べていたが、疑わしそうに立ち上がると土間に下りてきた。真一は身じろぎもせず息をひそめていた。

「お父さんは、ここに倒れてたんですか？」

医者は首をかしげながら咲子に尋ねた。

「そうらしいよ」

菊は咲子にものを言うすきも与えない。

「何かおかしなことでもあるのかね？　この子はすぐにわしを呼びに来た。先生を呼びにいってる間に、布団に寝かせたんだ。子供たちは突然のことで気が動転しとる。なにを聞いてもあんまり役にたたんと思うがな」

決めつけるような菊の口調に、

「多分、卒中で倒れた拍子に頭を打ったんでしょう。しかし一応変死ですから、駐在さんに来てもらった方がいいと思いますが……」

気の弱そうな医者は菊の顔色を窺《うかが》いながら言った。

「はい、そうしましょう。こんな時間にご面倒をお掛けしました」

菊はくどいほど礼を言って戸を閉めると、初めて気が付いたように身体を震わせた。

その夜泊まってくれた菊は、翌朝警官が来た時も同じことを話してくれた。真一は襖の陰で固くなって聞き耳をたてていた。

「先生の話もそんなことでした。ま、わたしとしては役目がらまいっただけでして」

警官は部屋に上がりもせず、店の中を眺めただけで帰って行った。

警官が帰ると、緊張で失禁しそうになっていた真一はその場にくたくたと坐りこんだ。

叔父夫婦と菊が取り仕切ってくれた父親の葬儀は淋しかった。酒浸りのどうしようもない男と蔑まれていた彼の死は、誰の関心も同情もひかなかった。昔の付き合いと羽振りのよい叔父への義理で来てくれた村の人たちは、悔やみを述べると皆そそくさと帰って行った。寺からの帰り道、

「店をするんだって？　資金はどうする積りなんだ？　貸してやってもいいぞ。ちゃんと利息は払ってもらうがな」

叔父は貪欲そうに唇を歪めた。真一は返事もせずに顔を背けた。そんな彼に、

「どんなことがあってもくじけちゃ駄目よ」

咲子がそばに寄ってきて手を握り締めた。


残された咲子と真一の生活は表面は以前と変わりなかった。ただ菊が毎日来て世話をしてくれるようになったからそれだけ外見は明かるくみえた。だが普段から口数の少なかった咲

子が無口になって、時折ぼんやりしているかと思うと、真一と顔を合わせるのを避けるようにつと台所に立ってしまう。真一は口に出さない咲子の無言の非難を感じて身の置き所がなくなった。

「姉さんのためだったんじゃないか」

真一はそう言ってやりたかった。どんなに憎くても殺すつもりはなかったのだとも。父親の死は自業自得なんだ。それに、あいつは俺の父親じゃないんだ。真一は自分に言い聞かすことで少しでも心の重荷を軽くしたかった。だが咲子には何も言えない。彼はただ耐えるしかない日々を送っていた。

年も明け庭先の梅の蕾が膨らみ始める頃、咲子は風邪をこじらせて寝付く間もなく亡くなった。最後の時、握れば壊れそうな手を真一に預けたまま、もの言いたげに唇を動かしたが、そのまま何も言わずに息を引き取った。

真一はしばらく茫然として涙も出なかった。自分の身体が希薄になり虚ろになって世界が消えてしまった。こんな酷いことがあるのだろうか。父親は違っても世界にたった独りの姉だ。真一は温もりの冷えていく咲子の手をいつまでも握り締めていた。

菊と二人で咲子の初七日を行なった時、

「ばあちゃん、俺の父さんは誰なんだ？」

真一は父親と咲子の新しい位牌を見ながら思い切って尋ねた。

「え？　なんのことだ、突然――」

菊はあっけにとられた顔で振り向いた。

「俺が本当は誰の子か、教えてくれよ」

菊の視線を離すまいと、真一は彼女を見据えてにじり寄った。

「なんだって藪《やぶ》から棒に。何か言われたんか」

「うん、今まで誰にも言わなかったけど、昔、自分の子じゃないって父さんが言ったんだ」

真一の真剣な様子に菊も膝を直した。

「父さんはその時、よほど機嫌が悪かったんだろう。そうでなきゃそんな馬鹿なこと言うはずがない。お前は正真正銘父さんの子だ。今だから話すが、父さんは絵描きになりたくて、親の反対を押し切って美術学校に入ったんだ。学校を出て、惚れあった母さんと結婚して、そこまでは良かったんだが、描いても描いても絵は売れん。だんだんやけくそになって、故郷に帰ってきたんだ。昔から気の弱いところがあったからな」

菊は溜息をつきながら白髪をかきあげた。

「父さんは荒れていった。店は母さんに任せたきりで、町へ行っちゃあ何日も帰らない。帰れば母さんに乱暴する。母さんはやさしい人でな、じっと我慢してたんだが、ある日、父さんを訪ねてきた友だちと一緒に家を出てしまった。その時、母さんは泣く泣くわしに話してくれた。とてもこれ以上は耐えられん、その友だちとはなんの関係もないが、自分を見るに見かねて連れていってくれるだけなんだ、後に残す子供はよろしくって言ってな。わしは母さんを止めることは出来なかった。それほど母さんの毎日は気の毒だったよ。その友だちのことで人がなんと言おうと、お前は間違いなく父さんの子なんだ」

菊のきっぱりした口調に、真一は心臓を突き刺された衝撃を感じた。

「じゃ、俺は、実の父親を……」

「言うな。過ぎたことだ」

菊が鋭く遮った。真一は凝然と彼女を見詰めたまま言葉もなく項垂《うなだ》れた。

それから間もなくのこと、

「俺、この家を出ることに決めたんだ」

卒業式から帰った真一は菊に言った。

「どこに行くんだ。母さんを探しにか？」

菊はびっくりしたように真一を見返した。

「違うよ。俺には母さんも要らん。働くんだ。独りで生活するんだ」

それは咲子が亡くなってからずっと考えていたことであった。死の間際に何も言い残してくれなかったが、父親の葬儀の帰りに「どんなことがあってもくじけないで」と言った言葉を、真一は彼女の遺言だと思っている。

「働くんなら、ここだっていいじゃないか。ここはお前の故郷だ。故郷は捨てちゃいかん。人は皆ふるさとを持っとる。ひとはそこに帰らなきゃならないんだ」

「でも、姉さんも父さんも、いない」

「わしがいるじゃないか」

菊がすかさず言い返した。真一は狼狽《うろた》えた。物心がついてから祖母とも母とも思って甘えてきた菊のことを思うと、熱いものが込み上げてきて後ろ髪が引かれそうになる。菊はなおも真一を引き留めようとあれこれ言い募ったが、彼の決心は変わらなかった。

その数日後、身の周りを片付けた真一は家を出た。見送ってくれた菊は貯金からおろした金を渡しながら、

「身体に気をつけるんだぞ。なにかあったらわしに言ってこい。わしの目の黒いうちに、必ず帰ってきてくれよ」

涙に潤む目をしばたたいて鼻水をすすったが、

「ふるさとを捨てても、お前が背負ったものは軽くはならん」

ふと独り言のように呟いた。はっとして顔を強ばらせた真一は、聞こえない振りをしてそのまま菊に別れを告げた。

山間の夕暮れは早い。西日を背にした山の峰が暮れなずむ空に一際黒々と大きく見える。道端の蒲公英《たんぽぽ》の蕾が薄明かりの中でひっそりとたたずんでいた。陽が翳《かげ》り始めた早春の畑にも道にも、人の影はない。あたりの風景を一つひとつ胸に刻みながら山角に来た真一は、思い切って振り返ってみた。菊はまだ家の前の道に立っている。彼が手を振ると、菊は伸びあがるようにして両手を振り回した。一瞬立ち止まったものの彼は全てを振り切るように山角を曲がった。菊も故郷の村も彼の視界から見えなくなった。

先の計画もなく飛び出してきた真一は、東京駅に着いてみるとどうしてよいか分からない。しかし家出少年として彼を保護した親切な警官は、菊に問い合わしてくれたりその上鋳物の町工場に世話までしてくれた。その菊の訃報を受け取ったのは、真一が定時制高校を出る頃であった。

真面目な真一の人柄が気に入ったのか、工場主は彼を養子にし、その一人娘と結婚させた。

真一は、小学校の前から道路を渡って湖を見渡す小高い丘に上った。そこには小さな四阿が建っているだけであたりに人影はない。水遊びをした川も小学校も、一軒の人家すらないこの眺望は彼をまごつかせた。真一は目を瞑《つむ》ると、記憶に刻み込まれた故郷の風景を心の底からたぐり寄せた。なんと長い年月、それは色褪せずに残っていたことか——。

初夏の風が湖水の上を渡っていく。白い雲や山の木々を映した水面は小さな漣《さざなみ》を見せて静まりかえっていた。

この村がダムの底に沈むと知った時、真一は最後に故郷を見ておきたいと思った。だが妻にも打ち明けられない罪の重さが彼を思いとどまらせたのだ。今日もここへ来るまで幾度逡巡したか知れない。しかし齢をとるに従い、都会の虚飾の中で挫折し自分を見失っていった父親の哀れな気持ちが分かるような気がして、思い切ってふるさとに帰って来た。

今、置き去りにされたようなこの山の湖は、真一を暖かく包容して和やかに澄んでいた。

この湖水の下に俺の故郷がある。菊も父親も咲子も、全ての恨みや悲しみを浄化してこの湖の下で安らかに眠っている。

「ばあちゃん、俺は帰ってきたよお」

真一は声を限りに湖に呼びかけた。

星のない夜

星のない夜

（一）

星のない夜であった。

日中は小春日和の穏やかな空に薄い雲が広がり、大気は柔らかな温もりに包まれていた。だが日が暮れると、雲は次第に厚く低く垂れ風も出てきて肌寒くなった。

父の法事で実家に来た蓉子《ようこ》は、ついでに女学校の時からの友人と夕食を一緒にする約束をしていた。

伊勢平氏発祥の地といわれるこの田舎町は来るたびに変わってきている。以前は海岸に沿って細長く人家が並び、家並みが尽きるあたりから山裾まで田畑が広がっていた。今は田圃はずっと山の方に押しやられそのあとに住宅が密集している。

大通りに面したレストランを出て、友人を送りがてら角を曲がった。この通りは昔は、靴屋、菓子屋、文房具店や本屋、肉屋から八百屋にいたるまで、市民の生活に必要な商店が並んだこの町一番の繁華街であった。しかし今はまだそれほどの時間でもないのに行き来する人影もまばらで、中にはシャッターを閉めている所もある。友人の話では、この通りは昼間でも猫の子一匹通らなくなったらしい。

この道の先にある観音は日本三観音の一つといわれているが、今は観光や信仰で訪れる人も稀だと言う。子供の頃よくこの観音様に連れてきてもらった蓉子も、結婚してこの地を離れてからは一度も来たことがない。漆の剝げた仁王像のそばに大きな草鞋《わらじ》がぶら下がっているのを、子供心に不気味に感じた記憶だけは残っている。

市の中心にある城の濠は埋められ、そこに官公庁の建物が建てられた。住宅はドーナツ型に外へ外へと広がり、大通りも拡幅されて街並みは整備された。それだけに昔の城下町らしい素朴な土のにおいはなくなってしまった。

心残りを振り切って友人と別れた蓉子は、それでも立ち去りかねて彼女の後ろ姿を見送っていた。

少し前屈みになり足を引き摺るようにして歩くその姿に、セーラー服を着た活発な美少女の面影が重なる。

敗戦の年に女学校で机を並べてから七十年余になる。彼女が先に逝くか自分が先か、どちらにせよ会う度にこれが最後だと思うようになっていた。もしも生き残って、友人も姉妹もいなくなれば、この変わり果てた故郷と自分を結び付けるものはなにもなくなる。ただこの土地が青春の思い出と両親の墓のある所にしか過ぎなくなるだろう。それ以外にこの土地にはなんの心残りもない。

諦めにも似た気持ちで見送っていると、角を曲がる所で友人が振り返りながら手を振った。蓉子も手を振り返しながら、不意に目頭が熱くなった。

友人の姿が見えなくなってから、蓉子は実家へ帰る近道になる狭い裏通りに入った。この界隈は昔から居酒屋や小料理屋が軒並みに並んでいた。ひっそりとした表通りに比べて、今でも夜になるとここだけは以前と変わらず紅い灯が並び人通りが絶えなくなる。今も彼女の前からも後ろからも、酔客らしい男が何人も声高に喋りながらよろめきそうな足取りで通り過ぎて行く。若い男女の姿もあった。楽しげな彼らの後から一人の老婆がこちらにやって来るのがふと目に入った。

痩せた身体に借り着のような大きなブルゾンをはおり、腰を振りながらせかせかと小刻みに歩いてくる。蓉子よりは少し若いだろうか。そばまで来ると、じろりと上目遣いに彼女を睨みつけるようにしたが、そのまま赤提灯の下がっている居酒屋に入っていった。と、

「もうここへは来るなって、言っといたやろう。何回言や分かるんだよ、図々しい――」

店の中から女の怒鳴る声が聞こえた。蓉子は　驚いて立ち止まった。と同時に店の戸が荒々しく開けられたかと思うと、最前の老婆が太った女に衿を摑まれて投げ出されてきた。その後ろに男たちの卑猥《ひわい》な笑いが追いかけてくる。

店の女は蓉子にちらと目を向けたが、恥じらいもみせず、それでもちょっと首を竦めなが

ら戸を閉めかけた。するとその背中に、

「そんなこと、あたしにやってええと思っとんのか？」

倒れた老婆は腰を打ってすぐに起き上がれないのか、わざと大袈裟にして見せるのか、店の前に蹲ったまま顔だけ女の方に向けて激しい語調で突っかかっていった。

「昔はあたしに頼んで、さんざん客を連れて来さしといて、おかげでこの店も今みたいに繁盛したんやないか。それを今になって邪魔者扱いするなんて、恩知らずも程ほどにしなよ」

「なにを寝惚けたこと言ってんだよ」

中に入りかけた店の女はくるりと振り向くと、足元の老婆をさげすむように見下ろした。

蓉子は見ない振りをして立ち去ろうとした。だがなぜか老婆が気になって足が動かない。

女は蓉子がいることなど眼中にないらしい。

「お前みたいな淫売の世話になんかなった覚えはないよ。この店はわたしが娘の時からやってんだ。自分の腕だけで、誰からも恩を受けちゃいないんだ。言い掛かりはやめとくれ。お前みたいな疫病神なんかに来られると、うちの店の恥なんや」

「恥やって？　疫病神やって？　ようそんなことが言えたもんや。あたしが客をつれてくると、ちゃらちゃらしてお愛想言ってたのはどこのどいつだよ。あたしが客を連れてこなきゃあ、この店はいつも閑古鳥が鳴いてたやないか。そんな時によく言ったろ？　いつ来ても酒の一杯ぐらいはご馳走するよって。今になって、昔の都合の悪いことは忘れたんかい?」

老婆は立ち上がりもせずにまくし立てた。瘦せた肩が荒々しい息遣いに大きく揺れている。

「来るたんびに同じ御託を並べとるけど、そりゃきっとよその店の間違いやわ。まったく耄《もう》碌《ろく》したもんや。この店の主人はわたしや。その主人が来るなって言うとるんや。さ、とっとと帰っとくれ。そんな所におられちゃ、商売の邪魔や。アイちゃん、塩まいとくれ」

女主人が憎々しげに奥へ声を掛けると、小女は顔だけ出したままあたりを憚るようにそっと塩をまいた。塩はしゃがんでいる老婆の身体の上に固まって落ちた。蓉子は思わず目を逸らせた。やはり躊躇わずに行ってしまえばよかった。といって老婆をこのままにしておくのは気の毒だし、助け起こしたくても体力のない自分の身体ではこちらの方も転んでしまう。どうしたらよいのか思いあぐねてあたりを見回した。

蓉子の後ろに何人かの楽しげな話し声が聞こえる。前からも若い男女の二人連れの姿が見えた。きっとその人たちが助けてくれるに違いない、そう思って待っていると、若い二人連れは道に落ちた汚物を見るように眉をひそめただけで、彼女が声を掛けるひまもなく殊更足を速めて通り過ぎて行った。後ろに聞こえていた人たちはどこかの店に入ったのか、道に聞こえるのは去って行く二人の足音と、飲み屋から漏れる騒音だけになった。蓉子が仕方なく老婆のそばに近寄りかけた時、

「ふん、覚えてやがれ」

老婆は不貞腐《ふてく》れたように呟くなり、両手を支えにして立ち上がるとぺっと店の入り口に向かって唾を吐いた。それからゆっくりと衣類の汚れを払った。見ていると身体はどこも痛くなさそうだ。その何事もなかったような、見栄も外聞もない慣れた無造作な動作に、蓉子はこの老婆の日常を垣間見た気がした。

月も星明かりもなく薄墨を流したような空は、それでもわずかに雲の濃淡を見せて重くかぶさっている。その暗い空の下で店から洩れる明かりや赤提灯の灯が、そこだけ妙に白々しく浮き上がっていた。

立ち上がった老婆はそこに蓉子がいるのに気付いたのか、「ふん」と鼻の先に皺を寄せて睨みつけた。その顔を店の明かりが真面に照らし出した。すると、それまで蹲っていて見えなかった老婆の、薄汚れて皺の寄った唇の横に大きな黒子《ほくろ》があるのが見えた。蓉子ははっとした。この特徴のある黒子には見覚えがある。誰だったろう。この黒子はずっと昔の生活の中で見慣れていた記憶がある。それなのにすぐに思い出せないのが苛立たしい。

老婆は蓉子に向かって、なにを思ったのかいきなり唾を吐きかけた。蓉子はびっくりして二、三歩逃げた。不意のことで足元がよろめく。そんな彼女にせせら笑いを投げ付けると老婆は痩せた肩をいからせて歩き出した。

身体に合わない大きなブルゾンが歩く度に揺れるのを見ているうちに、蓉子は突然、昔のことを思い出した。

(多美《たみ》ちゃん――)

厚く覆われた記憶の膜が一旦引き裂かれると、その底の底に六十余年もの長い間忘れられていたものが、残酷なほど鮮明な姿を伴って蘇ってきた。

(二)

昭和三十年、東京の学校を出て家に戻っていた蓉子は近所の洋裁学校へ通っていた。六人姉妹のうち三人の姉は結婚して家を出ていた。妹の蘭子《らんこ》は名古屋の学校の寮に入っていて土曜日は家に帰り、日曜日は戻るという生活をしていたから、普段は両親と残っている姉の槇《まき》子《こ》との四人暮らしであった。母は戦中戦後の食糧不足から身体をこわして以来、ほとんど寝たきりの状態であった。そのため姉たちが結婚して家を出ると、残って上になった娘が順に主婦の役をすることになっていた。

蓉子の父は忙しい人であった。田舎弁護士というのは、こんな田舎では「なんでも屋」にならざるを得ないのかもしれない。県の弁護士会の会長をしている上に、県立大学医学部の医事法制の講師や市の選挙管理委員会の委員長もしていたし、市でなにか諮問委員会が出来ると頼まれるという具合に、本職の仕事以外に飛び回っていた。県の弓道連盟の会長や保護司連合会長の仕事もその一つで、頼まれればなんでも引き受けていたようだ。その頃、父は大きな事件を抱えていた。

この年の七月、市立中学の生徒の水泳訓練が行なわれた。ところが準備体操を終えて海に入った生徒たちがたちまち異常潮流に巻き込まれたのだ。

静かな田舎町に時ならぬサイレンが鳴り響き、付近の開業医も動員されるだけ動員されて救助に当たったが、溺死者三十六人という未曾有の大惨事になった。

この異常潮流は予測可能であったか、不可抗力であったか、いずれにしても、市は苦境に立たされた。まるで顧問弁護士のように、なにかというと市の相談を受けていた父もその対応に追われていた。

頼まれれば越後から米を搗《つ》きに来ると言われるように、新潟県の人間は頼まれれば否とは言えない性格らしい。以前新潟出身の首相がなんでも「よっしゃ、よっしゃ」と引き受けていたものだが、あれも新潟県人の特性なのだろう。

明治維新の際、仙台藩を盟主とした奥羽越《おううえつ》列藩同盟に加わって新政府と戦ったのも、頼まれれば否とは言えない律儀な越後人気質だったのかもしれない。その越後長岡藩の薙刀《なぎなた》の師範の娘を母にもつ父は生粋の越後気質を持っていたのだと思う。だから父はここの藩主が嫌いであった。近江の郷士の息子に生まれた藩祖は豊臣秀吉に取り立てられたのに、関ケ原の戦いでは徳川家康に味方し、その子孫もまた鳥羽・伏見の戦いで、いち早く朝廷側に寝返った。それが越後人の父には時代の状況に素早く便乗する無節操な態度に思えたのだろう。それればかりか、難航している徳川秀忠の娘和子《まさこ》の入内を纏めようと藩祖が奔走したのも武士として気に入らなかったようだ。

「あれは、幇間《ほうかん》大名だ」

父は苦々しげに言ったものだ。

そんな父が名古屋の控訴院の部長判事を最後に退官した時、その前の任地であったこの町を永住の地に選んだのは、海に面し山を背にした田舎町の温暖な気候と、新鮮な魚介類に惹かれたためかもしれない。

ある日、それは秋の夕方近い頃だった。父は一人の少女を連れて帰ってきた。それが多美であった。

西日を背にして立っている二人の顔が落日の輝きの中で陰って見える。玄関先の金木犀《きんもくせい》の小さな蕾がようやく目に見えるほどになっていた。

「さ、お入り、今日からこの家の娘になるんだよ」

父が多美の肩に手をやって顔を覗いた。だが彼女は拗《す》ねているように俯いたまま顔も上げなければ返事もしない。蓉子は上がり框《がまち》に坐ったまま多美を見上げた。

中学を出たばかりらしい多美の細面の顔は逆光のせいか血色が悪く、どことなく発育の悪い感じがあった。その青白い顔立ちの中で、唇の脇の大きな黒子が早熟で肉感的な印象を与える。

多美は父に促されてしぶしぶ玄関に入ってきた。

「遠慮しなくていいのよ。上がってちょうだい」

知らない家で恥ずかしがっているのだと思った蓉子が多美の抱えている風呂敷包みを受け取ろうとした途端、彼女はその小さな包みを渡すまいとするように固く胸に抱きしめた。やり場を失った蓉子の手が空しく宙に浮いた。

「女の子を預かることにしたよ」

前日に父が言っていたが、その女の子の素性については何も聞かされていなかった。

空襲で焼けた跡に建てられた粗末な家は狭過ぎるので、片側に子供のための離れを、もう一方に父の事務所兼書斎と寝室を建て増しして、住み心地の悪い家は一層不格好な継ぎはぎだらけの家になっていた。その上道路の拡幅のために大通りに面した商店が軒並み後ろに引っ込まされたため、裏通りにあった蓉子の家もそれだけの地所を収用され、それまでは畑も作っていた庭も狭くなった。

庭の築山《つきやま》は春には梅が咲き、続いて椿や海棠《かいどう》が咲く。秋には満天星躑躅《どうだんつつじ》や錦木の紅葉が陽射しに燃えるように輝く。足の踏み場もなく狭くなった庭に、それでも花や庭木の好きな父はどこかに出掛けると必ず目についた鉢植えを買ってきていた。

弓道をしていた父は、奥の十畳の部屋に天井を張らないでそこを道場がわりに使い、庭の奥に建てた小屋に砂を盛って的場にしていた。しかし土地が狭くなったために的場を壊したので、部屋の縁側の軒下に米俵を大きくしたような的をぶら下げた。離れの四畳半の子供部屋では寝るのに狭いから蓉子と姉の槇子はこの部屋で寝る。部屋にはミシンや箪笥や鏡台などが置いてあった。妹の蘭子は家にいた時はこの隣の六畳の間で母と一緒に寝ていたから、寮から帰った時は以前の通り母の横でやすむ。離れは渡り廊下で母屋に接しているだけだから若い多美には不用心だというので、とりあえず蘭子のいない間は母と一緒の部屋を使うことになった。

主婦代わりの槇子は外出することが多かった。父の影響か刑法を専攻していたのに、いつの間にか法哲学に転向したと思ったらマルキストになっていた。学校を出てからももっと勉強したいからと妹の梅子《うめこ》を先に嫁がせた彼女は、地元の人たちと平和問題などの会を作って活動していた。一時学生運動をやっていた蓉子は、その頃はもう仲間の集会があっても出席したことはないが、槙子の行動には無言で同調していた。槙子はそういう会合に蓉子を誘いはしなかった。ヘーゲルの弁証法からマルクスへと理論的に発展させていった槙子にとって、『共産党宣言』ぐらいしか読んでいない幼稚で情緒的な蓉子は相手に出来なかったのかもしれない。

母はほとんど寝たきりの状態であったから日中独りにしておくことは出来なかったし、外出の多い姉の代わりに父の留守の間は客の応対もしなければならない。そのために蓉子は洋裁学校は夜学にして、父や姉が帰宅してから出掛けていた。

母は寝ていても家の采配は全て握っていた。財布はもちろん握っていたしその日の献立も母が決める。自分の寝ている部屋との襖を開けておいて、槙子や蓉子に布団の綿の入れ方も教える。食事の支度も同様で、献立から買い物、料理の仕方まで指図をしていた。洗濯物一つにしても、畳み方からアイロンのかけ方まで自分の遣り方を伝授する。なにかと忙しい蓉子にとって蘭子の代わりに話し相手になる多美が来たことは心強かった。

多美が蓉子の家に来た翌日のことであった。

父は多美を連れて出掛けていた。どこへ行くとも言わなかった。槙子もいつものようにいなかった。

　母から代筆を頼まれた蓉子が離れの部屋で手紙を書いていると、一昨年結婚した四番目の姉の梅子がやって来た。母に似て色白の整った顔がちょっと窶《やつ》れている。

「病院の帰り？　お腹の赤ちゃんは元気？」

　蓉子は座布団を裏返して梅子にすすめた。

「うん、ありがとう。順調に大きくなってるみたい」

　梅子は「どっこいしょ」と声を出して座布団に坐った。それほど暑くもないのに小鼻にうっすらと汗が滲んでいる。蓉子は窓を開けた。

　風とも言えぬ爽やかな空気が部屋に流れてきた。この窓からは裏庭しか見えない。庭の中ほどにある柿の実が膨らんできていた。

　上の二人の姉は遠くに住んでいるので滅多に来ないが、梅子は近くに夫婦だけで住んでいて、夫が勤めに出掛けた後、家事を済ますと買い物や散歩がてらに始終来ていた。最近は身体が重くなってきたためか、病院の帰りぐらいにしか顔を見せなかった。

「手紙？」

　梅子は蓉子の手元を覗いて訊いた。

「うん。伯父さんとこの幸ちゃんが結婚するんで、色々お金がいるんだって。もっともお金の無心は今に始まったことじゃないけどね」

蓉子は封筒の口を開いて中の紙幣を見せながら、苦笑してみせた。

「伯父さんも昔はいい暮らしをしていたけど、落ちぶれてしまって、大変ね」

「お父さんの方がもっと大変じゃないの。自分の家族の面倒のほかに、伯父さんの娘の花嫁支度の面倒までみなくちゃならないんだから——」

これが初めてではない伯父の無心に、蓉子はつい口を尖らせてしまった。

「そこがお父さんの人の好いところなのよ。頼まれたら嫌とは言えないんだから——」

「やっぱり、越後の人間だからね」

二人は顔を見合わせて笑った。

この地に移り住んで十数年になるのに、それまで方々を転々としてきたせいか、家族の中ではあまり方言は使われない。

伯父は若い頃、児玉花外《かがい》や大塚甲山《こうざん》とともに明治の反戦三詩人の一人といわれていた。その父親である蓉子の祖父は東京にいた頃、のちに平民宰相と言われた原敬《たかし》の仲間に入っていたが、父親の死で郷里に帰らなければならなくなった。戸長を継いだ祖父はそれでも生涯政治に関心が深かったのだろう。その父親に似たのか伯父は詩人の傍ら政治家になろうとして、その足場や資金のために鉱山の経営を始めた。しかし最初はとにかく、次第に経営は苦しくなり遂に親からの遺産を蕩尽《とうじん》してしまった。

風が出たのか机の上の便箋がふわりと持ち上がる。傾き始めた陽光が明かるく部屋に射し込んでいた。

「それはそうと、昨日、うちに多美ちゃんって娘が来たのよ」

笑いが治まると、蓉子は言いたくてうずうずしていた話を始めた。

槙子と梅子と蓉子はそれぞれ二歳ずつ違う。一番齢が近いというばかりではなく、無口で気難しい槙子に比べて如才なく世慣れている梅子はなんでも話しやすい。

「その話、お母さんから今聞いてきたけど、どんな娘？」

梅子は座布団から下りて壁に寄り掛かった。

「どんなって、なんにも喋らないの。むすっとして、頼んだことはしてくれるんだけど、お喋りな蘭ちゃんとは違って、なに考えてるのか分からない」

「そりゃ、昨日の今日だもの。初めて来た家でそんなにべらべらと喋るわけないでしょ。ゆっくり時間をかけて付き合うのね」

「その積りだけど、どうやっていいのか、戸惑うのよ」

蓉子は、昨日多美が来てからの気配りをこの時とばかり梅子に話して聞かせた。

「その多美ちゃんて子、どうして来たの？」

梅子が蓉子のそばににじり寄って声を低めた。

「お母さんは、そのこと、梅ちゃんになにか言った？」

蓉子も小声になった。ここからなら母に聞こえるはずはないのに、なんとなく声が低くなる。

「ううんなんにも。」

「なんにも聞いてない。齢は十六だとは聞いたけど、蓉ちゃんも聞いてないの？」

「お父さんは、預かるって言っただけなの。預かるんだから、お手伝いさんではないわよね。どうして連れて来たのか、お父さんが言ってくれないんだから、訊きたくても訊けるわけないもの」

蓉子は思い出して頬を膨らませた。突然飛び込んできた多美の、素性も教えてくれない不満が、つい梅子に当たってしまう。

「お父さんのことだから、きっとなにか事情があるんでしょ。そんな顔しないで、新しい妹が出来たと思えばいいじゃないの」

梅子はおおらかに笑いながら蓉子の顔を覗いた。彼女もつられてしぶしぶ笑い出した。

「それはそうと、お夕飯をご馳走になってもいい？　今日はうちの人、仕事で遅くなるのでご飯はいらないって言ったから――」

梅子が坐ったまま身体をずらせてまた壁に寄り掛かった。彼女は夫の夕食のいらない時は、ついでにご飯を食べていくことにしている。

「いいわよ。今日は槇ちゃん、読書会で出掛けたから、わたしが炊事当番なの。そのうちお父さんも多美ちゃんも帰ると思う。この手紙書き上げたら投函ついでに買い物に行くから、その間留守番してて」

蓉子が机に向き直った時、母の部屋からガランガランと鈴の音がした。これは母が用がある時に呼ぶ合図だ。外側が六センチほどのドーナツ型の鈴を二個結わえたもので、家族の間では馬の鈴と呼んでいた。

庭木にも目がないが骨董屋《こっとうや》を覗くのも好きな父が、近くの店で買ってきたものだ。銅で出来ているらしく古くなった地肌に緑青が滲んで、なんの変哲もない二つの鈴は美意識や趣味というより家中鳴り響く実用品だ。

父は掛け軸や茶器や花器などをよく買ってきた。もちろん高価なものは買えないし、田舎町では目ぼしい物もない。それでも骨董屋から電話をもらうといそいそと出掛けて行った。装幀《そうてい》の破れかけた掛け軸ならまだしも、父は時々怪しげな物を買ってくる。象牙で彫った小さな髑髏《どくろ》を繋げた数珠とか、天狗とおかめを対にしたみだらな木彫りなど、人前に自慢して見せられるものではない。築山の下にある石もそうだ。十数センチ角で一メートルほどの高さの石に、右〇〇左〇〇と彫った字がやっと読み取れるほど磨滅した昔の道路標識だ。これも骨董屋にあったのだろうか。それとも市の道路計画で邪魔になったのを貰い受けたのだろうか。いずれにしても父の趣味は面白い。

父は買ってきた品物はすぐ母に見せる。

「まあ、こんなものを買ってらしたんですか――」

母はいつものことながら半分呆れながら笑っていた。その様子には、玩具を集めて喜んでいる子供を眺めるようなところがあった。

父は判事になった頃、父親から貴族院議員の娘との縁談を薦められていた。しかし子持ちの未亡人であった母と恋愛し、周囲の反対を押し切って結婚した。

「二夫にまみえずと言う。残された婚家の跡取りを守っていくのが女の道だ。ことに相手は初婚ではないか。絶対に許さん」

実家を継いだ兄の強硬な反対に逆らい、先夫との間の娘を婚家に残してまで自分の恋を押し通した母は、その後兄が亡くなるまで実家とは絶縁していた。阿波の女は情熱的らしい。

母から、自分が再婚だと聞いたのは蓉子が高校の頃であった。その父の違う姉に初めて会ったのは母の葬儀の日で、それ以来彼女とは二度と会うことはなかった。

（三）

多美は無愛想な子であった。

「多美ちゃんは若いんだから、お腹いっぱい食べるのよ」

ご飯のお代わりをすすめると、なにも言わずにちょっと唇の端を動かしただけで茶碗を出す。自分からものを言うことはないが、それでも槙子や蓉子が頼むと黙って食器の片付けは手伝ってくれる。だがいつも人と目を合わすのを避け自分の殻に閉じ籠っているところがあった。そのくせ時折背中に彼女の視線を感じることがある。それに気付いてふっと蓉子が振り向くと、慌てて目を逸らす。知らない家に来てどうしていいのかとまどっているのだろうと思うといじらしい気持ちがしないでもないが、ろくに受け答えもしない多美には扱いに苦労する。

多美が来て数日してからのことだったろうか。

「一緒に行って、多美ちゃんに着るもの買ってあげなさい。ついでに蓉子のも買っていいから――」

母が枕の下から紙入れを出して言った。

「え？」

蓉子はすぐに意味が分からず訊き返した。

「あんな小さな風呂敷包み一つでは、ろくに着替えもないと思うの。それに涼しくなったしね。蓉子がよかったら、スカートでも縫ってあげたらどうかしら？」

「それもそうね」

口の中で答えながら、彼女はまじまじと母の顔を見た。多美の着替えを心配するのはいかにも母らしいが、意外に思ったのはついでに蓉子のものも買ってくれるということなのだ。

娘六人の五番目に生まれた蓉子は、物心ついてから下着は別として、着るものを買ってもらったのは正月とかなにか特別の日のためしかなかった。年中姉たちのお古を着せられて育ったから、そんなものだと思って着るものをねだったこともなかった。ただ大学に入って寮生活を始める時だけは見苦しくない程度に買ってもらった。

母は衣類を見立てるのが好きだ。呉服屋を呼んで娘に合う柄をあれこれ選ぶ。狭い部屋に呉服をいっぱい拡げさせてあれでもないこれでもないと、呉服屋の番頭の都合など気に掛けない。これは娘時代に裕福な叔父の家庭で行儀見習いをしていた名残らしいが、買うのはいつも次に結婚する娘のものでそれ以下の娘のものを買うことはなかった。それが自分の家の習慣として当たり前だと蓉子は考えていた。しかし後年、娘六人をそれぞれ上の学校へやった上に着飾らせるだけの経済的な余裕がなかったからなのだろうと気が付いた。

「娘三人いれば蔵が潰れる」と言われるように、娘六人ならば蔵が二つも潰れる。彼女の家に蔵などあるわけがないから、父は蔵二つの重さを背負って生きなければならなかったのだろう。

「着物は一日で身に付けられるけど、学問は一日では身に付かない」

母はよくそんなことを言っていた。農家の娘で高等小学校しか出ていなかった母は、父の勤務中、同僚の判・検事の教育のある夫人たちとの交際に、随分気を遣わなければならなかったようだ。気が強かっただけに、無学だという劣等感はそれ以来母の心に染み込んでしまったのだろう。蓉子は高校を卒業すると当然のように進学した。母にとって学歴と学問とは同じもので、嫁入り道具としてだけ価値のあるものらしい。学校に入ってしまいさえすれば、後はマルキストになろうと学校をサボって学生運動に飛び回ろうと、干渉はしなかった。

多美のものを買うついでに自分のも買ってもらえると聞いて、蓉子は早速出掛ける支度をした。

「多美ちゃんのもの買うんだから、一緒に行こう」

台所の横の二畳の間にいる多美に声を掛けた。彼女は妹の蘭子の要らなくなった漫画を読んでいた。母と一緒の部屋にいるのは窮屈なのか誰も使わないこの部屋が気に入っているらしい。

「え？」

多美は驚いたように本から目を上げた。すぐには信じられないらしい。半ば口を開けて蓉子を見返す顔が齢より幼く見える。多美が蓉子と真面に目を合わせたのはこれが初めてであった。ちょっと腫れぼったい感じの瞼に黒目勝ちの目が可愛いかった。彼女は漫画本を閉じたものの、なぜかすぐに腰を上げようとはしない。

「早く行こう。八百屋さんやお魚屋さんにも寄らなきゃいけないんだから」

「このままで、いいの？」

多美は躊躇いがちに訊き返した。

「いいわよ、その恰好で。どうせ遠くへ行くわけじゃないんだもの」

蓉子は笑いながら多美を急かした。その日は槙子がいてくれるから留守番の心配はない。

「本当に小母さんは、あたしのものを買ってくれるって言ったの？」

隣の部屋に寝ている母に気を遣うらしく小声になった。

「そうよ。雨が降って洗濯が出来ないと、着替えが困るじゃないの」

「そうか——」

多美はにっと笑うといそいそと立ち上がった。

いつもは何を言われてもろくに返事もしない彼女が人並みに口をきいた。舌足らずの甘ったるい声であった。

門のそばの金木犀の花が咲き始めていた。玄関を開けると、むせかえるような香りに包まれる。蓉子は大きく息を吸った。彼女は金木犀の匂いが好きだ。しかし多美は金木犀どころではないらしい。花にも匂いにも気を取られることもなくさっさと道に出ると、何を思ったのかふと立ち止まってあたりを見回した。蓉子は、多美が家に来てから外に出るのはこれで二回目なのに気が付いた。一回目は家に来た翌日、父に連れられて出掛けた。

母は多美を独りで外に出さないようにしていた。部屋の掃除は手伝ってもらうが道の掃除もゴミを出すのも彼女にはさせない。母が多美を人目につかせたくないらしいのは薄々感じていたが、その訳を訊くのはなぜか躊躇われた。

以前家の前にあった幼稚園は戦災で焼失し、その跡は県の衛生部や保健所になっていた。朝の通勤時間が過ぎ、突き当たりにある小学校に通う児童の姿も途絶えると、この道を通る人は少なくなる。

「なにをめずらしそうに見てんのよ」

ぼんやり眺めている多美に声を掛けると、

「あー、この前は小父さんと一緒であんまり気を付けてなかったけど、こんなとこやったんやな」

彼女は明かるく言い返した。さきほどからのこの多美の急激な変わり様に蓉子の方がとまどったが、気付かぬ振りを装って先に歩き始めた。

この時も、彼女がそれまでどこにいてどうして父に連れてこられたのか訊いてみたかったが、やはり口に出せなかった。

何度も洗濯をしたためか形の崩れた多美のブラウスやスカートは、縁が擦り切れて薄汚れている。この汚れはどれだけ洗ってもとれないのだろう。戦後も十年経って衣料品も出回ってきている時代に、こんなみすぼらしいなりをした少女を連れて歩いていることが蓉子には次第に情けなくなってきた。しかし浮き浮きした多美は足取りも軽やかに、少しでも離れたら置いていかれるとでも思っているのか蓉子の身体にぴったりと寄り添って付いて来る。いささかうんざりしてきている彼女の足は自然に早くなった。

近所の洋品店でセーターや下着を買ってから、いつも洋裁の教材を買う店に行った。

「いっぱい、ある――」

目を輝かせた多美は、それでも気後れがしたように一瞬店の前で立ち止まったが、すぐにおずおずと中に入った。頰を上気させ、口を半ば開けて、ずらりと並んだ色とりどりの生地に興奮を抑えかねているらしい。

「どれでもいいけど、普段着だから洗い易いのと、わたしが縫うんだから縫いやすいのをね」

「うん」

多美は返事も上の空で同じ所を行ったり来たりしている。蓉子は何を買うのも一目で決める性質だから、こうして目移りばかりしている多美に苛々してきた。

ようやく彼女の決めたのは淡いピンクの地にピンクの濃淡の小花をあしらった華やかな生地であった。蓉子の趣味には合わなかったが、当人の好みなら仕方がない。ギャザースカートにするだけ切ってもらって店を出ると、蓉子は急に疲れを感じた。それから八百屋と魚屋に寄って帰る間、彼女はあまり口をきかなかった。

多美は片手で衣類の袋をしっかりと抱きしめ、片手で大根のはみ出た買い物籠を下げ、息を弾ませるばかりに付いて来る。だがそのうち急に、

「このスカート、蓉ちゃんが縫ってくれるん？」

遠慮がちに言い出した。

「うん、その積りだけど——」

「自分で縫ったら、あかん？」

思い切って口にしたといわんばかりに、多美は息を詰め、まじろぎもせずに蓉子を見守った。

「多美ちゃん、洋裁出来るの？　ミシンは？」

蓉子は意外に思って訊き返した。

「ううん出来へんけど、蓉ちゃんが教えてくれたら縫ってみたい。あたし、中学の家庭科で先生に褒められたんだよ」

多美は舌足らずの口調で得意そうに笑った。これぐらいのことで甘えてくる彼女に、蓉子はさきほどからの気疲れを忘れた。

帰ってから、蓉子が先生になって洋裁の勉強が始まった。まずミシンの使い方だ。それから洋裁の裁ち切れで練習をさせてみた。

「多美ちゃんて、器用なのね。まるで定規を引いたみたいに真っ直ぐじゃないの。初めてとは思えない」

蓉子は感心して多美の手元を眺めた。

「定規はないけど、布の織り目どおりにやったん」

多美は頰を染めて嬉しそうに言った。人付き合いの出来ない子だと思っていたのに、こんなに可愛い子だったのだ、蓉子は自分も楽しくなってきた。

「スカート、裁っても、ええかなあ」

多美が上目遣いに口ごもりながら言い出した。早く縫いたいらしい。

「いいわよ、まずアイロンをかけて真っ直ぐにするの」

多美は言われるまま緊張した様子で生地を広げた。

蓉子はこんな直線縫いのギャザースカートは待針で止めるだけでミシンをかけるのに、多美は丁寧にしつけをしてから縫っている。ミシンの針目もきれいなら、脇の見返しや持ち出しの始末も丁寧だし、蓉子の言うことは一言も聞き漏らすまいと真剣そのものだ。

そこへいつもより早めに父が帰ってきた。

「おかえりなさい」

蓉子の言葉につられて多美が慌てて顔をあげて挨拶した。

「ただいま。ほう、多美が洋裁をしているのか」

いつにない多美の楽しげな様子に、父は相好を崩して彼女のそばに寄って来た。

「多美ちゃんは、とっても器用なのよ」

「そうか、それはいいことだ。洋裁が好きなら、将来、洋裁で身を立てるようにしたらどうだい?」

「え——」

驚いたように父を見返した多美の目が、忽《たちま》ちはち切れるばかりに輝いた。

「これからの女性は手に職をつけて、自活することを考えなければいけないからね」

「……」

返事をしたいのにすぐに言葉が出てこないのか、多美は耳まで赤くなって俯いた。

「どれ、久し振りに一汗かこうかな」

そんな多美から目を逸らせて立ち上がった父は、部屋を出て和服に着換えてきた。多美はもう父を気にする様子もなくスカートの裾ぐけを続けている。

父は支度をすると片肌脱いで弓を絞った。

「ズバッ」

と空気を裂く音に、多美は顔色を変え怯えたように首を竦めるなり腰を浮かせかけた。だが矢が的に刺さった音だと分かるとほっと肩の力を抜いてまた仕事を続けた。その仕草が可笑《おか》しくて、蓉子は思わず笑い出した。

「ズバッ」

また矢が的に刺さる。多美はまた反射的に首を縮める。だが今度は多美の方が照れたようににっと蓉子に笑いかけた。四、五回も続いているうちに慣れたのか、多美はどんな音がしようが自分の仕事から目を離さなくなった。

今日は槇子が炊事当番だから、スカートが出来上がるまで蓉子は多美に付き合っていた。

槇子はその頃、世話する人があって結婚の話が進んでいた。相手は数学者ということで互いに気に入っているらしい。梅子のような平均的な女性には県の役人が似合うだろうが、マルキストには学者の方がふさわしいだろう。来年早々には式を挙げる予定だ。

(四)

母はなにを思ったのか、多美の躾《しつけ》を始めた。

「敷居は踏んではいけませんよ。畳の縁も踏まないで」

一つ部屋で寝起きをしているうちに二人はすっかり仲良くなったらしい。多美はちらりと母に目をやって「うん」と頷くなり言われるまま足元に気を付ける。しかしすぐ忘れるのか、母に注意されると慌てて直そうとする拍子に敷居や畳の縁に躓いてしまう。食事の作法もそうだ。箸や茶碗の持ち方にも母は厳しい。

「こういうことを覚えておけば、どこへ出ても恥ずかしくないんですよ」

多美は素直に母の言うとおりに従っているが、どうやらこんな作法は覚え難いらしい。箸を持つ度にそのことを思い出すのか慌てて取り落として赤くなることもある。洋裁は飲み込みが早いのに、立ち居振る舞いや食事の作法はなかなか身に付かないようだ。

槙子の結婚式を控えて呉服屋の番頭が出入りし始めた。槙子は少し前までは衣服のことにあまり興味がなかったのに、この頃は少し女らしく服装に関心を持ち始め呉服屋が来ると横に坐って熱心に眺めるようになった。この日も呉服屋が広げる付下げや留袖を肩に掛けて鏡を見たりしていた。多美も母のベッドの横で眩しげに目を細めながら見とれている。呉服屋が帰った後、

「蓉ちゃんも、結婚式の時はあんな着物を着るの？」

蓉子のそばににじり寄って囁いた。

「ううん。花嫁は結婚式にあんなものは着ないの。花嫁衣裳は家に一つしかなくてそれを皆で順番に着るのよ」

「じゃあ、あれはお嫁入りの時に持っていくもん？」

「そうよ」

「ふうん、いいなあ」

多美は羨ましげに溜息をついた。彼女は最近蓉子に甘えて、なんでも話しかけてくるようになっていた。多美はしばらく黙っていたがなにを思い付いたのか、

「蓉ちゃんの花嫁さんを見てみたいなあ」

独り言のように言い出した。

「そんなこと、いつになるか分からないわよ」

赤くなった蓉子は多美の顔も見ないで言い返した。蓉子にはその頃、結婚したいと思う相

手はまだいなかった。

「蓉ちゃんが着たあとは、その花嫁衣裳はどうするん？」

多美はその衣裳の行く末が気になるらしい。

「わたしのあとは、妹の蘭ちゃんが着るのよ。多美ちゃんはまだ蘭ちゃんに会ったことないわね。今は忙しいらしいけど、そのうち帰ってくるわよ。仲良くしてね」

「うん」

と頷いたものの、すぐ、

「ランちゃんて、蓉ちゃんに、似とる？」

多美が遠慮がちに訊いた。

「さあどうかしら。人から見れば似てるかもしれないけど、わたしよりも明かるくてあっけらかんとしてる」

「そう」

多美はなんとなく安心したような、まだ気になるような顔付きで庭に視線を移した。

庭の柿の木には、虫に食われたのかもう赤くなった実が二つ、三つ、青い実の間にまじっていた。朝のうち晴れていたのに昼過ぎから曇ってきて、雨になりそうな湿気が肌にまといつく。

多美は庭から目を戻しながら、

「ランちゃんが結婚して要らなくなった花嫁衣裳、あたしに貸してくれへんかなあ。あたし、着てみたい――」

口早に言ってのけて、きまり悪そうに俯いた。

「え――」

思い掛けない言葉に蓉子がとまどっていると、

「それはいいわね。蘭子が着たあとはもう要らないんだから、多美ちゃんが着ればいい。可愛い花嫁さんになるわよ。それまでわたしが生きていられればいいけど――」

母が横から笑いながら口を挟んだ。

「そんな――。小母さんは、まだ元気なんだもの。ずっとずっと、生きてられるよ」

多美は慌てたように言い返した。その顔が泣き出しそうなほど真剣であった。


家の中まで馥郁《ふくいく》とした匂いを漂わせていた金木犀の花も散ってしまった。空には蒲鉾《かまぼこ》を薄く切ったような半月が傾き始めている。蓉子が生垣の外を掃除していると、

「涼しくなりましたなあ」

買い物帰りの近所の主婦がお愛想を言って通り過ぎた。家の前の衛生部には時折人が出入

りし、学校帰りや城跡に遊びに行ったらしい子供たちの群れが道いっぱいに駆けて来る。夕方にはこの道は結構人通りがある。

道の掃除を終えた頃、一人の中年の女が手提げ袋を抱えてこちらへやって来た。あたりに気を遣いながら、なんとなく落ち着かない様子だ。蓉子は別に気にもしないで箒《ほうき》や塵取りを片付け始めた。女は蓉子のそばまで来ると歩調をゆるめ、門の中を窺いながら通り過ぎて行く。

当時の門は父の好みで、沢山瘤《こぶ》の付いた自然の幹をそのまま左右に立てただけで門扉はなかった。

蓉子の後ろを通り過ぎたかに見えた女はまた戻って来て、門の前で入ろうかどうしようか迷っているらしい。それに気付いた蓉子は、

「なにか、ご用ですか？」

と訊いてみた。女はどきっとしたように見返したが、

「あの、弁護士先生のお宅でしょうか？」

伏し目がちに小声で尋ねてきた。

「ええ、そうですけど——」

蓉子はすばやく女の全身に視線を走らせた。父の玄関番をしているうちに身に付いた癖だ。艶のない髪には白髪が混じり、昔は十人並みであったろうと思われる顔は痩せて深い皺に

刻まれ、色の褪せた銘仙の着物の裾回しは擦り切れてほころびている。

父のところに来る人は様々だ。選挙違反の議員もいれば贈賄でひっかかった会社の社長もいるし、恐喝やこそ泥など一癖も二癖もありそうな人もいる。どんな相手が来ても大概は慣れている蓉子だが、こんなみすぼらしい女は初めてだ。

「先生はおいでになりますか？」

女はためらい勝ちに口をきいた。

「父は外出して留守ですけど……」

蓉子は言いながら、ろくに風呂に入っていないらしい女の体臭に、思わず後ずさりしてしまった。

「お嬢さんですか？」

「はい」

蓉子はまた一歩身体を引いた。女はなにか決めかねるように視線を地に落としていたが、やがて俯いたまま、

「今度、息子のことで、先生には、国選の弁護士さんになってもらって、ごやっかいになります」

一語一語確かめるように言って顔を赤らめた。

「あ——」

父の依頼人だったのだ。

「どうぞ、中にお入りください」

蓉子は慌てて門を入り玄関の戸を開けかけた。

「うちに来る人は大概他人に知られたくないものを持っているのだから、そこは気を付けるんだよ」と日頃父に言われているから、こんな人目に付く門の前で事件の話は出来ない。ところが女は、

「ここでいいです。そんなお屋敷の中なんて……」

とんでもないと言いたげに頭を振って動かない。そんなお屋敷なんて言える家でもあるまいしと苦笑しながら、蓉子は表玄関の横にある、家族やご用聞きの使う内玄関に案内した。彼女が先に入ったので女は仕方なさそうに痩せた肩をすぼめて付いてきたが、そのまま土間にしゃがみこんでしまった。

「奥さんが病気だと聞きましたんで、卵を持ってきました。召し上がってください」

女は言いながら、使い古して破れかけた手提げ袋から、新聞紙に包んだものを取り出した。

医者と坊主はもらい得という言葉がある。物をもらってもお返しをしなくていいということだが、弁護士もどんな物を依頼人からもらっても品物に対するお返しはしない。そんなこ

とに慣れているから、父の留守でも、

「お預かりしておきます」

と言って受け取っていた。ところがある時、いつものように品物をもらっておいて後で父に話したところ、その包みに付けられた名刺を見て、

「これはもらっては、いけないんだ」

父はすぐそれを返しに出かけて行った。父はその頃、市の設置した審議会の委員をしていて、その品物を持ってきたのはその審議会で審議をされる人であったから、品物を受け取れば収賄になる。それ以来蓉子は、父の留守の時は母に聞いてから物を受け取ることにしていた。だが女が弁護の依頼人ならば母に訊くまでもない。

「有難うございます」

拒絶されないかと硬くなって蓉子を見守っている女から、さっさと新聞紙に包んだものを受け取った。片手で持てるほどの軽さだ。

依頼人からもらう物は色々ある。

父が開業したのは昭和十六年のことであった。その初めの頃の依頼人にこの県の名産の牛肉の元締めをしている人がいた。後で聞いたところによると、当時の統制経済違反で逮捕されたらしい。その人が、

「これは宮内省に納める肉です」

と言って持って来てくれた牛肉は、とても庶民の口には入らない美味なものであった。

「親一人子一人の生活で、息子に人並みなこともしてやれなかったにしても、人様のお店の物を万引きするなんて、ほんとうにお恥ずかしい話です。先生に力になってもらう以外に、頼るところがないんです」

女は黄色く濁った目に涙を浮かべ、縋《すが》り付くように蓉子を見上げた。こういう時に槇子がいてくれれば助かるのだが、結婚相手が勤め先の大阪を案内してくれるというので、彼女は朝早くから出掛けていた。蓉子は仕方なく女の相手をしなければならなくなったものの、こんな話が多美の耳に入るのが気になった。

表玄関へ行く短い渡り廊下は板戸で閉めてあるから母屋に話し声は聞こえないが、内玄関は土間続きで横が台所だ。多美がどこにいるにせよ話は聞こえる。はらはらしている蓉子に構わず女はなおも愚痴を続けた。

当時の国選弁護人の手当は数百円ほどではなかったろうか。だが私選となると桁が違う。例の牛肉の元締めの事件の後、父は城の濠の埋め立て地に三百坪の土地を購入し家を建てた。戦時中のこととて地価も建築費も安かっただろうし退職金もあっただろうが、その頃はもう長姉は大阪の学校へ行っていたから生活費の他に学費もかかる。父は後年、土地や家屋はあ

の事件一つの収入で賄ったのだと言った。その時、

「退官した頃の年俸が四千五百円だったのに、この事件の弁護料が二万円だったんだよ」

と父は屈託なげに笑っていた。

統制経済違反が表沙汰になることを怖れた宮内省の圧力があったのか、この事件は不起訴になったのだということを槇子から聞いたのは、父の一周忌の時であった。

女は喋るだけ喋ったので気持ちが落ち着いたらしく、何度も頭を下げてやっと帰って行った。

蓉子は女からもらった新聞紙の包みを母に渡した。

「あんな貧しい人にとって、これは本当に子供を思う切ない母親の気持ちなんですよ。もったいない」

女の話が聞こえていたのだろう、ベッドに起き上がった母はその包みを捧げ持ってしばらく目を瞑っていた。

依頼人からのもらい物は必ず仏壇に供えることにしているが、なにをもらっても母は大して有難そうな顔はしないのにこの新聞紙の包みには目を潤ませていた。

仏壇に供えてから新聞紙を開けてみると、一つずつ丁寧に包んだ卵が五個入っていた。

「多美ちゃん、卵が五つあるから、今晩はオムレツを作ろうね」

言いながら台所に行ってみると、横の小部屋で漫画を読んでいた多美が返事もせずにつと顔を背けた。

(可笑しな多美ちゃん——)

いつもなら蓉子の言うことにはなんでも喜んで相槌を打ってくるのに、今日の多美はちょっとおかしい。

その日の夕食の時、母は卵の由来を父に話した。多美は母の話の間中、俯いたまま黙って箸を動かしていた。普段と違う多美に、もしかしたら月の障りかもしれないと思いながら蓉子もなんとなく口が重くなる。槇子も婚約者に会って気持ちが高揚しているのかなにを言っても上の空だ。翌朝には多美の機嫌は直っていた。

その頃の裁判は、窃盗とか万引きとかの軽い犯罪では、判事と検事と弁護士の三者で前もってこのぐらいの刑にしようと決めておくのが習慣になっていたようだ。

開業した父の最初の依頼人は傷害罪で訴えられた青年であった。不良仲間の喧嘩で相手をナイフで刺したという。このナイフが喧嘩のためにあらかじめ所持していたものか、買ったナイフをたまたま持っていたのかが争点になった。父は青年を信じた。青年は初犯であったし、ナイフは偶然持っていたということで過失と認められた。

その後青年は不良仲間から足を洗い真面目に仕事に励んだ。半農半漁の家業を手伝っている青年はそれからも「おやっさん、おやっさん」と馴染んで獲りたての魚や新鮮な野菜をよく届けてくれたものだ。娘しかいない父や母も息子のように可愛がっていた。母の死後三十年近くも鰥夫《やもめ》暮らしをしていた父が百五歳で亡くなった時、駆け付けたかつての青年は白髪頭の老人になっていた。

卵を持ってきてくれた女とはその後会ったことはない。その息子がどんな判決を受けたのかも聞かなかった。

（五）

蓉子はこのところ真面目に毎日洋裁学校に行っている。洋裁を教えている多美の手前もあるから、これまでのように無精して学校を休むことも出来ない。

朝のうち曇っていた空は夕方近くなって晴れ上がり、学校を出た時は満天の星であった。風は少し強かった。

この風が大気を掃き清めてくれたのだろう、星がいつもより大きく輝いている。

学校から自宅に帰るには、城の濠に沿って行くのが一番近い。濠は一面蓮に覆われ、その反対側に蓉子の出た小学校がある。昔は藩校であった校庭には大きな松の木が数本並んでいる上に、その裏門の前の濠端には一抱えもある柳が一本立っていて、いかにも古い城下町といった雰囲気だ。登下校の時間には子供たちで賑やかな道も夜ともなれば人影もない。夜はこの濠端の道は通ってはいけないと母に言われるまでもなく、街灯もなく人気もない暗い道は薄気味悪くて歩けない。蓉子は回り道でも帰りは街中の大通りを通ることにしている。だがこの美しい星空に灯の点っている商店街を行くのは惜しい気がして、友人たちと別れると独り城跡に向かった。

空気は澄んで爽やかであった。夜風が頬にひんやりと当たる。蓉子は星を仰ぎ見ながらゆっくり歩いた。こんな星空は初めてだ。今にも降り落ちそうに輝く星を眺めていると、自分が溶けて空に吸い込まれていきそうで眩暈すら感じる。やがて濠の角を曲がると柳の木が見えてきた。近付くにつれて、折からの風にざわざわと枝を揺るがす姿が、髪を振り乱した女が空に向かって悶えている姿に思えてきた。蓉子は急に恐ろしくなった。いつものように大通りを帰らなかったことを悔やんだがもう遅い。星を眺めるどころではなくなった蓉子は肩を竦め何も見まいと駆け足になった。

家に帰ると、槇子はいつものように机に向かって本を読んでいたが、多美は母のベッドの横に坐って一緒にテレビを見ていた。

昭和二十八年にテレビ放送が始まって間もなく、父は病床の母のために当時めずらしかったテレビを買った。母はよくテレビを見ている。蓉子は母が本を読んでいるのを見たことがないが父は暇さえあれば本を読んでいた。

「本は読まなければいけないよ。教養を付け自分を向上させるには、読書が一番だ」

父はよくそんなことを言っていた。

始終テレビを見ているから教養はともかく、母は結構物知りになっている。もっとも母はどこから仕入れたのか昔から諺《ことわざ》が好きで、なにかと言うとそれを話に使っていた。今ではテレビの影響で政治に関心があるらしい。

「共産党はいいことを言うねえ」

ある時、槇子に言ったことがあった。ところが槇子はニヤリと笑っただけでなにも言い返さなかった。母もそれには慣れているのか話を続けなかった。

しかし多美が来てから、退屈を持て余していた母は話し相手が出来たのが嬉しかったらしい。母に対して彼女は槇子や蓉子のように軽くあしらったりはしない。なにか話し掛けると喜んで受け答えしてくれる。

多美は行儀作法をやかましく言われながら、母には懐いていた。風呂に入れない母のために熱く沸かした湯でタオルを絞って身体を拭いたり、爪を切ったり、よく世話をしていた。

「多美ちゃんはやさしい子よ」

母は蓉子の顔を見ると恨みがましく言う。彼女も槇子も、母に頼まれなければ面倒臭くて身体など拭いてやらないのに、多美は、

「今日は暖かいから、身体を拭いてあげようね」

と言いながら手際よく洗面器やタオルの用意をする。母は子供のように喜んで多美のするままに任せていた。

家に帰った蓉子は母の部屋に入ると、

「多美ちゃん、星がすごくきれいなのよ。一緒に見てみない？　槇ちゃんも見ない？」

返事も待たずにガラス戸を開けた。

星を眺めながら帰るつもりが、人通りのない暗い濠端に恐れをなして慌てて帰ってきたのが口惜しかった。

「わたしはさっき、星はもう見たからいいわよ」

隣の部屋で槇子が素っ気なく答えた。どうせそう言うだろうと思っていたから蓉子はそれ以上誘う気はない。

「多美ちゃん、早くおいで」

ガラス戸越しに多美を急かした。彼女はテレビの続きが気になるのかすぐに腰を上げない。

だがそんなことに構わずにもう一度声を掛けると仕方なさそうに戸を開けて出てきた。

二人は南に向いた濡れ縁に腰を下ろした。

「わあ、きれいだ」

多美は声を上げて空を見上げた。

「星が降るっていう言葉を聞いたことあるけど、本当なんやなあ」

多美は息を詰めるようにして仰ぎ見ている。それぞれ明かるさの異なる星が金の粒を撒き散らしたように空一面に広がって、息苦しいほどの感動を与える。二人はものも言わずに眺めていた。しばらくして、

「あっ、流れ星――」

多美が突然、沈黙を破った。

「え、どこ？」

蓉子が視線を宙に這わせる間もなく、

「もう、消えちゃった」

多美が残念そうに溜息をついた。

「流れ星が消えるまでに願い事をすると、願いが叶うって言うけど、本当かなあ」

多美が空を見ながら独り言のように呟いた。

「多美ちゃんの願い事って、なんだろう」

蓉子は多美のしんみりした様子に心を動かされた。

その話は小さい頃に姉から聞いたことはある。だがその頃でも、そんな幼稚な感傷を真に受けはしなかった。だが今、吸い込まれるように星空を見詰めている多美を見ていると、子供っぽいと笑う気にはなれない。

「人は死ぬと星になるって……」

多美は蓉子には答えず、相変わらず空を見上げたまま言葉を続けた。

「あの星の一つが、あたしのお父さんなんや」

それは自分に言い聞かすような静かな口調であった。

「え、多美ちゃんのお父さんは、亡くなったの？」

蓉子は驚いて訊き返した。多美が家に来てから、訊いてみたいと思いながらその素性に触れるのはなんとなくいけないような気がして、今まで訊ねたことはなかった。

「お父さんが亡くなったなんて、知らなかったわ」

蓉子は多美の横顔からそっと目を逸らせた。

「あたしのこと、小父さんはなんにも話してへんの？」

多美は窺うように蓉子の顔を覗きこんだ。

「ううん、なんにも」

「そう」

多美はなにか考えている風に暗い地面に目を落としていたが、急に髪をゆさぶって顔を上げると、

「あたし、お父さんは知らんの。戦死したから——」

「え——」

またも思い掛けない話に蓉子は言葉を失った。だが多美は自分だけの思いに浸っているらしい。

「あたしがうんと小さい時に戦争に行ったから、お父さんのことなんにも覚えとらんの。お父さんは大工やったんやって——。押し入れの中にお父さんの形見の大工道具がしまってあったのを覚えとるけど、それがいつの間にか無くなっとった」

抑揚を抑えた多美の言葉に、かえって彼女の鬱積した気持ちが感じられる。

「それで、お母さんは？」

蓉子は重い話をはぐらかそうと遠慮がちに訊ねた。

「お母さんは、きらいや」

「え——」

多美の吐き捨てるような荒い語調に、びっくりした蓉子は後の言葉が続かなかった。

「お母さんもあたしが嫌いなんや。あたしの家は六畳の部屋に台所の付いただけの長屋やから、お母さんに客があると、あたしは紙に包んだお菓子を持たされて隣の小母さんとこに追い出されるの。同じ長屋で小母さんとは仲良くしとったけど、小母さんと遊ぶのに飽きて家に帰りたくなっても、お母さんが迎えに来てくれるまでは帰してくれないんや」

多美は息を整えるように言葉を切ったが、

「あれはあたしが小学校の五年の時やった。今でもはっきりと覚えとる」

長年溜まっていたものを思い切り吐き出すような、激しい口調で続けた。

「いつものように小母さんとこに行かされて、急にお腹が痛くなったんで、小母さんが止めるのを振り切って家に帰ったたん。入り口の戸を開けた途端、中から出て来た人とぶつかった。太った大きな男の人やった。あたしは慌ててその人の横をすり抜けようとしたら、ほう、これがお前さんの娘さんか、可愛い子だとかなんとか言ってあたしの手を握ったたん。ぬるりと脂っぽい、気持ち悪い手やった。恐ろしくなって手を離そうとすると、のしかかるみたいにあたしを抱きにくるの。酒臭い身体やった。あたしはお腹の痛いのも忘れて、夢中でお母ちゃんって叫んだ」

多美はその時の男の掌《てのひら》の感触がまだ残ってでもいるように、神経質に両手をこすり合わせた。

「障子を開けて出てきたお母さんは、帯もせんと腰紐だけの格好で敷居のとこに立って、娘には構わないでよとかなんとか言った。その時のお母さんの目はぞっとするぐらい冷たかった。それからどうしたか覚えとらんけど、あの目だけは一生忘れへん」

多美はぽつんと言葉を切ると星空を見上げた。

「お母さんは自分の着るもんだけ買って、あたしにはいつも着古して小さくなったものばかり着せとった。自分だけきれいにして、あたしなんか、構われたことないよ」

多美の憎らしげな口調に彼女の持っている暗さの背景を始めて知った蓉子は、慰める言葉もない。ただ黙って多美の肩を引き寄せるしかなかった。

「小母さんはやさしいよね」

しばらくして多美が俯いたまま言い出した。

「行儀作法はやかましいけど、あたしのこと可愛がってくれる。多美ちゃんって呼んでくれる時のやさしい目、あんなあったかい目でお母さんから見られたことない」

多美はそっと頭を上げた。その顔は微笑んでいるのか涙を抑えているのか、星明かりを受けて歪んで見えた。多美は最近血色も良くなって太ってきている。

「小母さんは色んなこと教えてくれるよ。猿も木から落ちるとか無くて七癖とか、蒔かぬ種は生えぬとか、格言というのか諺というのか知らんけど、忘れんように小母さんからもらった帳面に書いとくの」

多美の口調は次第に明かるくなった。聞いている蓉子も気持ちが軽くなってくる。

「ああ、なにかと言うと諺を使うのは、小母さんの癖なのよ」

「蓉ちゃんもそんなこと、沢山教えてもらったん？」

多美は声を出して笑った。それから浮きうきと、

「小母さんはな、来年になったら、浴衣の縫い方を教えてくれるって。あたしのと一緒に小母さんのも縫うの約束したんや。あたしは朝顔の模様の浴衣がええけど、小母さんはどんなのがええかなあ」

楽しげな多美の様子にはもうさきほどの暗い影はなかった。

「あの人はどうせ寝てるんだから、寝間着でいいのよ」

「それじゃあ小母さんが気の毒や。小母さんはきれいやから、何を着ても似合うと思う」

「じゃあ、多美ちゃんが選んであげてね」

「うん、そうする。早く来年が来ないかなあ」

多美は顔をほころばせて星を見上げた。

「蓉ちゃんはいいよなあ、小母さんがやさしいから。あたし、小母さんが大好きだよ。この家を出ても、いつでも来るよ。そして小母さんの身体を拭いたげる」

多美は重大な告白でもするように蓉子の耳元で囁いた。

「ありがとう。小母さんは喜ぶわよ。それで、小父さんも好き?」

蓉子は目を細めて多美の瞳を見返した。

「うん、小母さんほどじゃないけどね。でも小父さんもやさしいよ。どっかに行くとあたしの分もお土産を買ってきてくれるし、多美は若いんだからうんとお食べって、自分のおかずを分けてくれるし。洋裁で身を立てたらどうだって言われて、あたしその時初めて、自分の生きる道はこれだと気が付いたん。小父さんはあんまり喋らんけど、ほんとにあたしのこと考えてくれるんや。お父さんってきっとあんなんやろなあ」

「よかったねえ。それにしても多美ちゃんはえらいよ。その若さで将来の設計を建てたんだから。わたしなんかこの齢で先のことは何も考えてないもの」

「蓉ちゃんはそれでええんや。小父さんも小母さんも付いとるもん。あたしは早く自活せんならん。槇ちゃんみたいに勉強が好きやないし、洋裁しかないもん」

「あの人は本の虫よ。ところでその槇ちゃんも好き?」

「槇ちゃんかあ」

多美が困ったように首をかしげたが、

「ちょっとこわい感じ。いつも勉強しとるのえらいと思うけど、黙っとるからとっつきにくいとこがある」

「無口なのは、槇ちゃんの性格。でもあれで喋り出すととても太刀打ち出来ないんだから。そのうち分かるよ」

蓉子は、多美の真面目な顔を笑いながら眺めた。

その時、縁側のガラス戸が勢いよく開いて槇子が顔を出した。

「いつまで喋ってるのよ。夜露に当たると毒だって、お母さんが心配してるのに。さっさと中に入って、早くお風呂に入りなさい」

言うだけ言ったらもう用はないとばかりぴしゃりと戸を閉めた。

蓉子と多美は一瞬顔を見合わせたが、どちらからともなく声をたてて笑い出した。

（六）

十月の最後の土曜日、久し振りに妹の蘭子が帰ってきた。試験や学校の行事や友人との旅行などで忙しく、帰る暇がなかったらしい。

蘭子は姉妹の中では一番背も高く、美人ではないが愛くるしく華やかな雰囲気で、同性でも振り向いてみたくなる女性であった。その上、槇子や蓉子があまり服装に構わないほうなのに、蘭子はおしゃれで若いのに着こなしがうまい。この日も真っ赤なコートドレスを着ていた。これは夏休みに帰った時、欲しい服があるからと母にねだって洋服代をもらっていった分だろう。

多美は蘭子に初めて会った時、息を飲むようにして見とれていた。自分とはそれほど齢は離れていないのに、槇子や蓉子とは違う派手な様子に圧倒されたらしい。母の部屋に出入りするたびに自然に蘭子に向けられてしまう自分の視線に気付くのか、慌てて目を逸らしていた。

蘭子は帰るなり母のベッドに坐って学校のことや友人のことなど喋り続けていた。普段はなにかと多美に話し掛ける母なのに今日は目を細めて蘭子を眺めている。それでも多美が気になるのか思い出したように彼女に話し掛けているが、なにかしら取って付けたようで多美は居心地悪そうだ。

父はなにかの会合で食事は外でするると言っていたから、女五人で夕食を始めた。食べ始めた時、

「このお沢庵、こんなに細かく切ったら、お沢庵らしい歯応えがなくて、まずいじゃないの」

蘭子が誰にともなく言い出した。

「それはわたしが歯が弱いから、多美ちゃんが気を遣って細かくしてくれたのよ」

母がとりなすように口を挟んだ。多美はちらと母の顔に視線を走らせてもの言いたげに口を動かしかけたが、そのまま黙って俯いた。

「それにしても、もうちょっと格好つけられないの?」

蘭子がそんな多美に目を留めたまま言葉を続けた。

「これじゃあ、お沢庵のミンチじゃないの。味も分からないわよ」

本人に悪気がないのはいつものことで分かっているが多美には気の毒だ。蓉子が蘭子をたしなめようとした時、

「お母さんが食べやすいように、多美ちゃんが刻んでくれたのよ。多美ちゃんが刻んだのが一番食べやすいの」

横から槙子が口を挟んだ。

「多美ちゃんが一生懸命やってるのよ。気に入らないのなら、自分でお台所をすればいいじゃないの」

「自分でって、そのために多美ちゃんがいるんじゃないの? ねえ、多美ちゃん」

「いいえ」

槙子は箸を置くと蘭子を遮った。

「多美ちゃんは、うちの娘分よ。女中じゃないのよ。それに、人の好意にケチをつけるもん

じゃない」

槙子は宣言するように言い放つと、なにごともなかったようにゆっくりと箸を取り上げた。蘭子はぷっと頬を膨らませて槙子を睨みかえしたが、口では太刀打ち出来ないと分かっているのか、しぶしぶ箸を動かし始めた。

「まあまあ、わたしのお沢庵のことで姉妹喧嘩するなんて、止めてちょうだい。折角久し振りで蘭子が帰ったというのに、お父さんがいたら悲しがるじゃないの」

母がいたたまれないように言ったが、白けた空気は食事が終わるまで直らなかった。

蘭子は、養子を迎える跡取り娘として育てられたせいか、甘えん坊で、気はいいのだが思ったことをすぐ口にするところがあった。

多美は食事が終わると、

「ご馳走さま」

小声で言うなり、さっさと茶碗を台所に下ろし始めた。彼女は沢庵の話の間、一言も口をきかなかった。蘭子はそのことが気になるらしく、多美の機嫌をとるように手伝っているがどうも二人のリズムが今一つ合わない。食卓を片付けている間も多美は蘭子に意識して目をやらないようにしているのが分かる。

片付けが終わると、蘭子はまたベッドに凭《もた》れ、テレビを見ながら母とお喋りを始めた。いつもならそのベッドの横で母と話し合う多美なのに、どこに坐っていいのか落ち着かないらしくいつまでも台所でぐずぐずしていた。

そのうち父も帰ってきて皆でひとしきりお茶を飲みながらお喋りをした時も、多美は俯いたまま、それでも思い出したように蘭子にちらと目をやってはすぐにまた俯いてしまう。その多美の蘭子に投げる冷たい目付きが、蓉子になぜとなく不安な気持ちを抱かせた。

その夜のことであった。

「わたしはお母さんと一緒に寝るんだから、多美ちゃんは槇ちゃんたちの部屋で寝てね」

テレビを見ながら蘭子が言った。多美は黙って押し入れから布団を取り出して隣の部屋に運んだ。

「追い出されちゃったのね」

縫い物をしていた蓉子は、慰め顔で多美に笑いかけた。

「これからお風呂に入るんだから、まだお布団はここに積んどいてよ。わたしはこの仕事だけしておかないと片が付かないの。槇ちゃんのあとは先に蘭ちゃんが入って、次に多美ちゃんがお風呂に入ってね」

言うだけ言ってまた針を動かし始めた。

不器用で手仕事の遅い蓉子は学校でするだけでは皆に追いつかないから、どうしても家で

その遅れを取り戻さなければならない。すると布団を運び終えた多美は、

「さっきからやっとるけど、どこやっとんの?」

言いながら蓉子の手元を覗き込んだ。

「そこの裏袖をかがるだけ? 簡単じゃない。お風呂は今槇ちゃんが入っとるから、次は順番で蓉ちゃんが入って。蓉ちゃんが入っとる間にあたしがやっといたげる」

多美は笑いながら蓉子を見返した。彼女の顔にはもうさきほどの固い表情は消えていた。本当に洋裁の好きな子だ、蓉子はこれ幸いとばかり多美に仕事を頼むことにした。

「裏地は表より布をたるませ加減にしないと、表がつるから気を付けてね。それから表に糸目を出しちゃ駄目よ」

蓉子は教材のツーピースを渡しながら、裏袖のいせこみの仕方を教えた。

「ん、分かった、分かった。蓉ちゃんがやった通りにすればええんやな」

多美は楽しそうに頬をゆるませた。そのいかにも屈託なげな様子に、今までの蓉子の不安な気持ちは消えてしまった。多美は洋裁に関しては飲み込みが早い。今まではお古の仕立て直しぐらいで、こんな裏を付けた本格的な服を縫ったことはないのに、まったく気後れもなく仕事を引き受ける。

隣の部屋から母と蘭子の話し声が聞こえる。障子から漏れる二人の楽しげな声を耳にしな

がら風呂場に行った。

風呂に入っている間に風が出てきたのか、浴室の窓ガラスが不意にがたがたと鳴った。建て付けの悪い戸の隙間からひんやりと風が入る。風呂を出た蓉子は後に入る二人のために薪を一本焚口《たきぐち》に放り込んで部屋に戻った。

隣の部屋からまだ母と蘭子の声が聞こえる。

翌日、寮に戻る蘭子に母が、

「家に帰る時は、あんまり派手な格好をしてこないでね」

と、多美のいないのを見はからって小声で言った。

「なんで？」

蘭子は怪訝《けげん》そうに訊き返した。

「なんでって、多美ちゃんに悪いから」

「どうして悪いの？」

「どうしてって……」

母が言い掛けた時、多美が取り込んだ洗濯物を持って入ってきたので、話はそのままになってしまった。多美は、昨日と同じように母のベッドに坐っている蘭子に目も向けず洗濯物を置くとそそくさと出て行った。その後ろ姿が妙にぎごちなく慌ただしかった。

月の一日に、父は必ず伊勢参りをしていた。

蓉子の家には仏壇も神棚もあるし、台所の竈《かまど》の上に棚を吊るして「お荒神さま」も祀ってある。

母は毎朝仏様を拝む。その反対側の鴨居の上の神棚にも手を合わせる。そればかりか娘たちが小さい頃は、誰かが身体具合が悪くなると黒住教《くろずみきょう》の神官を呼んでお祓《はら》いをしてもらう。それでも必ずかかり付けの医者は呼んでいた。月の一日には伊勢参りも欠かさなかった。成田のお不動さまや川崎のお大師さまにも縁があったらしく仏壇のそばの柱にお札が貼ってあった。その上試験の日には、

「お荒神さまを拝んでいくのですよ」

出掛ける娘たちに念を押す。お荒神さまを拝んでいくと試験にいい点が取れるらしい。試験の神様とばかり思っていた荒神が、実は竈の神だと知ったのは高校を出た頃であった。なんでも有難いのが好きだから、梅子や蓉子をキリスト教の学校に入れたのも母の意志かもしれない。こんな多神教ならぬ多宗教信者の母とは反対に、父は仏壇も神棚も拝まない。ただ元旦だけは習慣的に神棚に手を合わせている。そんな無神論者の父が毎月一日の伊勢参りをするようになったのは、母が病床について月一度の伊勢詣でが出来なくなった代わりであっ

た。

父が伊勢神宮に出掛けた日、昼前に人が訪ねてきた。槇子は昨夜から風邪をひいて寝ていたので代わりに蓉子が出ると、玄関には背の高い一人の男性が立っていた。まだ若い男で、ポマードで光らせた髪を七三に分け、太い眉に細い目、やや広がった鼻、どことなく釣り合いのとれないだけに愛嬌《あいきょう》があるこの男性は、二、三度会ったことのある少年鑑別所の職員だ。

「父は出掛けて留守ですけど、伝えることがありましたら、承っておきますが……」

蓉子は職員を見上げて言った。土間にいる彼は上がり框に立っている蓉子より高いのが気になるのか、それが習慣になっているのか、少し前屈みになっている。

「いえ、別に大した用事もないんです。ここのところ先生にご無沙汰してますので、こちらに来たついでに寄らせてもらっただけですが……」

職員はなにか躊躇うように言い淀んだが、

「坂井多美は元気にやっていますか？」

急に語調を改めて訊ねてきた。

「ああ、多美ちゃんのことですか？」

突然多美のことを言われ、蓉子は慌てて訊き返した。

「ああ、その多美ちゃんのことです」

職員は蓉子の語調に狼狽えたのか表情を固くした。

「多美ちゃんなら、元気にしてますけど……」

蓉子は不審に思った。父に用事があって来たのに、なぜ多美のことを訊くのだろう。といってそれを問い質すほど親しい仲でもない。

「いや、元気にしているのならいいんです。先生のお留守中にお邪魔をして済みませんでした」

職員はぎごちなく頭を下げ、そそくさと出て行った。

その後ろ姿を見送りながら、彼女は不意にガンと頭を殴られたように茫然と突っ立った。

父の使い走りをしている蓉子は、少年鑑別所が家庭裁判所の観護措置によって送致された者を収容する施設だということぐらいは知っている。その職員が保護司もしている父に用があるのは分かるが、なぜわざわざ多美の様子を窺いに来たのだろう。なぜ多美の姓名まで知っているのだろう。空白になっていた蓉子の頭に突然、

(多美ちゃんは、鑑別所に入っていたんじゃないか)

ひらめくと同時に、慌てて母屋の方に聞き耳をたてた。母屋はひっそりとしている。槙子の咳をする音が聞こえるだけだ。彼女はほっと肩の力を抜いた。

いつか万引きをした息子の母親が卵を持って来たあと、蓉子を避けた多美の様子を不思議に思ったものだが、内玄関の横の台所にいた彼女には話が聞こえたのだろう。

(多美ちゃんも万引きして、補導されたんだ)

あの時の多美の気持ちが分かったような気がした。父が彼女の素性を言わなかった訳も分かる。

今日は表玄関での話だったからよかった。表玄関と内玄関との間の納戸には弓やその道具などが置いてあって両側に板戸がある。納戸のそば近くに来なければ表玄関の話は聞こえない。

家には色々な人が来る。執行猶予中の人もいれば刑期を終えた人もいる。父の玄関番としてどんな人が来ても動揺しない蓉子ではあったが、一つ屋根の下で妹のように可愛がっている多美が鑑別所帰りだとは、考えもしないことであった。彼女は呼吸を整えて母屋に戻った。

台所は静かだ。母の部屋を覗くと、多美は部屋の隅でいつものように漫画を読んでいた。

「お客さんは、どなただったの？」

客が来たらすぐに報告する蓉子が今日に限ってなにも言わないのが訝しいのか、母は彼女を見上げて訊いた。

「あ、なんでもないの。高校の時の友だちが同窓会のことで連絡に来ただけ」

訊かれると分かっていたから嘘は考えていたものの、滑らかに舌が動かない。

「じゃあ、上がってもらえばよかったのに」

「でも、それほど仲のいい人じゃないから、ほかに話なんてないもの。多美ちゃん、お昼ご飯の支度をするけど、何が食べたいか、槇ちゃんに訊いてみてくれない？」

母から早く逃げようと話の半分を多美に言いながら蓉子は台所に行った。するとその後から、

「槇ちゃんは、卵の入ったおじやがいいって」

多美が言いながら追いかけて来た。

「それから、大根おろしが食べたいって——」

弾んだ明かるい語調に、それでも蓉子はさきほどの衝撃がまだ顔に残ってはいないか気になっていた。

「大根、これしかないよ」

おじやを煮ている彼女に、残っている大根を見せながら多美が困ったように言った。

「それじゃ、四人分は足らないね」

コンロの火を弱めて蓉子は大根を眺めた。こんなことなら昨日買っておくべきだったが、今から八百屋に走って行くのも億劫《おっくう》だ。

「小父さんの、ご飯は？」

多美が大根をぶら下げたまま訊いた。

「お伊勢さんの帰りに寄る所があるって言ってたから、帰りは夕方になると思うわよ」

「そうか。そんならね……」

多美は急に弾んだ声を張り上げた。

「これだけあれば、小母さんと槇ちゃんは間に合うよ。蓉ちゃんとあたしが食べなきゃいいんだから――」

多美は自分の思い付きが気に入ったらしい。

「多美ちゃんって、やさしいのね」

「だって、小母さんも槇ちゃんも、病人なんだもの」

多美ははにかんだように顔を赤くした。

沢庵の事件の時、娘分だと庇ってくれた槇子の言葉が嬉しかったのか、あれ以来親しみを持つようになったらしい。母に対しても、蘭子が学校に戻ってしまうと、また以前のようにベッドの横でテレビを見たりお喋りをしたり、身体を拭いたりするようになっていた。

その夜、母や多美が寝てから蓉子は父の書斎に行った。ここならば母屋には聞こえない。

「今日、鑑別所の人が来たの」

「ほう」

父は読んでいる訴訟記録から目も離さずに頷いた。

「多美ちゃんは、鑑別所に入ってたんでしょ？」

蓉子はその横顔を眺めながら一気に言ってのけた。

「その人が、そう言ったのか？」

驚いたように顔を上げると、父は回転椅子をくるりと回して彼女に向き直った。

「ううん、そんなことは言わないけど、ぴんときたの。鑑別所の人が、なんの関係もないのなら多美ちゃんのこと、訊くわけないし、多美ちゃんがうちにいることなんか、知ってるわけもないんだもの」

「そうか」

父は一瞬、言葉を飲み込むようにしたが、

「実は、そうなんだ」

肩の力を抜くようにして深々と椅子に寄り掛かった。

「分かってしまった以上、隠すこともない。多美は万引きの常習犯で、補導されてね。出所して自分の家に帰るべきなんだが、母親というのがちょっとふしだらな女で、帰してはよくないだろうというのが皆の意見だし、母親も帰ってもらいたくないらしいので、うちで預かることにしたんだ。可哀そうな娘なんだよ」

父は言葉を切って溜息をついた。

「その両親のことは、多美ちゃんから聞いたわ」

蓉子は、満天の星を見ながら聞いた多美の話をした。

「でもその時でも、多美ちゃんは自分が鑑別所帰りだとは言わなかった」

あんなに心を開いて話し合ったのに、まだ隠していたことがあったのだ、彼女は淋しくなって俯いた。

「それは、誰にも決して話してはいけないと、約束していたからだよ。それに、本当のことを言えば蓉子に嫌われると思ったのかもしれないしね」

父はなだめるように言葉を和らげた。

「多美の父親は腕のいい実直な大工だったらしい。戦争がなかったら、多美は幸せな人生を送ることが出来ただろうな。父親は戦死するし、家は焼け出されるし、生活にも困って、小さい多美を抱えてどうにも生きていけなくなって、元々あんなだらしのない女ではなかったと思うが、手に職のない女にとって一番てっとり早い生き方に堕ちてしまったんだな」

「それにしても、自分の娘だもの。どんなにふしだらな母親だって、ちゃんと可愛がってあげればいいじゃないの。あんなに母親を毛嫌いするなんて、信じられない」

蓉子は唇を尖らせた。あの星の夜の、母親への憎しみを剝《む》き出しにした多美の顔がまざまざと思い浮かぶ。

「そこが、人間の悲しいところなんだな」

父が身体を起こして彼女に顔を近付けた。

「人は自分が望むような愛され方をされないと、愛されていないと思い込むものだよ。親子の間だって、必ずしも気持ちが通じるもんじゃない。もっとも母親の中には子供に対して情の薄い女もいるから、どちらがどうとは言えないがね。多美が母親を憎んでいるのは確かだ。それを裏返せば、親から愛されたい欲求のコンプレックスだろうな。統計的に見て、大体非行に走る少年少女は家庭に問題があることが多い。問題児とよく言うが、問題は子供にあるよりは親の方にある場合が多いんだね」

「そうか。多美ちゃんは愛情飢餓なのね」

蓉子は、多美が来た当初、人を寄せ付けない頑《かたく》なな壁があったのを思い出した。それが、人が変わったように甘えて懐いてきたのだ。

「そうなんだよ。万引きをする少年少女は無意識に愛情に餓えているんだよ。思春期の情緒不安定の上に抑圧された幼児期の願望は本人には無意識だから、自分で自分を制御出来ないんだね。だから自分で作った殻に閉じこもることにもなる。それを解きほぐす手伝いをしてやらなければいけない。うちに引き取れば、お母さんは寝たままでも多美を可愛がることは出来るし、蓉子も新しい妹が出来たと可愛がってくれるだろう。そうやって周りからやさしく包んでやれば、あの娘は必ず更生出来ると信じてる。現に、うちに来た頃と比べて、多美は明かるくなったと思わないかい？　幸い多美は洋裁が好きで器用だそうだから、このまま落ち着いたら洋裁店に住み込みでもさせようと思ってる」

父はまた椅子にゆったりと身体を預けた。

「身元引受人はこちらがなる。多美が洋裁店に行っても、休みの日にはここを実家と思って帰って来ればいい。多美の母親だって、いつまでも不特定多数の男を相手の生活が続くわけがない。そのうちいい日が来るだろう。他の保護司や鑑別所の職員にも、多美を引き取ってくれるいい店をぼつぼつ探してもらってるんだよ。だから蓉子もその積りで多美を見守ってやってほしい」

「うん、分かったわ。でも多美ちゃんのこと、槇ちゃんも知らないの？」

「いやあ実は、槇子には言ったんだ」

父は困ったように頭を撫でた。

「え、わたしには内緒にしておいて、ひどい」

蓉子は頬を膨らませて父を睨んだ。

「いや、悪かった。だが槇子にも話す積りはなかったんだよ。ところが多美を連れて来ることについて、根掘り葉掘り訊かれてね。槇子はあのとおり、自分の進む道は縦でも横でも真っ直ぐにして、納得してでなければいけない性格だから、仕方なく話してしまったんだ」

「じゃあ、わたしは、真っ直ぐじゃないの？」

「そういう積りじゃないよ」

父は、むくれている彼女を笑いながら眺めた。

「蓉子は融通のきく人間なんだよ。それはいい性格だ。気持ちに柔軟性があるということだから——」

「それを言うなればいい加減な人間ってことでしょ？」

「そんなに自分のことを卑下しちゃいかん。人それぞれに性格は違うものだが、なんでもものごとを四角四面にしていくのは、人間関係でも、自分自身をも固くしてしまいがちなもんだ。それに、初めての人に対しては、下手な先入観がない方がいい。先入観に捉われるより自分の目で見る方が、もしも間違っていても納得がいく」

「そう言われると、今まで多美ちゃんとは自然に付き合えたわよね。もちろんお母さんは知ってるんでしょ？」

「そりゃそうだよ。お母さんがいなければ多美を預かるのは無理だからね。寝ていても気配り目配りがきいてる。そのうちみんなよくなるよ」

父はにっこり笑うと、回転椅子を前に引き寄せた。

蓉子はこんな楽天的な父が好きだ。この齢になってもまだ母に惚れているらしい父の、皺の寄った顔を微笑ましく眺めた。

（七）

十一月に入ってから、蘭子は毎週土曜日には帰るようになった。学校の行事も一段落したのだろう。

帰ると、いつものように母のベッドに坐りこんで動かない。末っ子だけに一週間甘えられなかった分を取り戻しているのかもしれない。槙子も蓉子も慣れているから気にならないが、多美はそんな蘭子からわざと目を逸らせている様子が見えるし、彼女の前ではあまり口をきかない。そのくせ、どうしてもそこに視線がいってしまうのか、ちらりと蘭子を盗み見る。その目付きの険しさが蓉子の不安を増殖させていく。

多美は最近、少しずつ変わってきた。それまでは母に甘えてそばを離れなかったのに、どこか母を避ける様子さえ見られる。特に蘭子が帰って来た時が目立つ。母にばかりではなく、槙子や蓉子に対しても妙によそよそしい態度をとることがある。かと思うと思い出したように甲斐甲斐しく母の身体を拭いたりして世話をする。蓉子はそんな多美になんとなく距離を

感じ始めるようになった。蘭子も少し変わってきた。勤労感謝の日に帰った時、

「ちょっと梅ちゃんとこに行って来るわね」

そう言って出掛けた彼女は夕食にも戻らず、帰って来たのは夜遅くであった。

「どうしてこんなに遅くなったの？　なにかあったのかと心配してたのに——」

母は蘭子の顔を見るなり、ほっとしながらも詰《なじ》った。

「うん、ご免なさい。話に夢中になってしまったの」

「ご飯は？」

蓉子がそばから訊くと、

「梅ちゃんとこでご馳走になった」

ぽつんと言うと、さっさと布団を敷くなり風呂にも入らないでもぐりこんだ。

蘭子が学校に戻った翌日のことであった。梅子がやって来た。その日暖かかったので、蓉子は鉄瓶の蓋を取り湯気をたたせて母の身体を拭いていた。この頃、多美は気か向かないと自分から身体を拭いてあげると言わなくなった。母もそんな多美に遠慮しているらしい。

「身体はどう？　あとひと月もないんだから、気を付けるのよ。転ばないようにね。高い所に手を伸ばしたり、お腹をこわさないようにね」

先夫との子供をいれて七人も生んでいる母は、初産の梅子の顔を見る度に同じことを言う。

「うん、大丈夫よ。なにかあったらすぐ病院に飛んでいくことにしてるから――」

梅子は母のベッドに寄り掛かりながら、

「ほら、動いてる。すごい力なのよ」

「どれどれ」

母は手を伸ばしてそのお腹を触った。

「元気がいいのね。男の子かもしれないよ。最近、梅子の顔付きがきつくなったから――」

「どちらでもいいけど、早く生まれて身軽になりたい」

二人の他愛ないお喋りを聞きながら蓉子は洗面所で母の使ったタオルや洗面器を洗っていた。部屋に戻ると、

「槇ちゃんはいないのね？」

梅子があたりを見回しながら訊ねた。

「うん、多美ちゃんを連れて買い物に行ったの」

「よかった。多美ちゃんがいなくて――。多美ちゃんがいたら買い物にでも出てってもらおうと思ってたの」

「多美ちゃんのことなの？」

母が気がかりそうに口を挟んだ。

「そうなの。多美ちゃんの前では話せないもの」

梅子は表情を改めて言葉を続けた。

「この間、蘭ちゃんが来て、みんな話してくれたけど、可哀そうよ。泣いてるんだもの」

「それが多美ちゃんとどんな関係があるの？」

蓉子は訝しく梅子を見返した。

「それが多美ちゃんのせいらしい。蘭ちゃんは家に帰っても落ち着かないんだって。いつも多美ちゃんに監視されてるみたいで。しかもその目付きがぞっとするくらい怖いんだって」

「それはわたしも気が付いてたの。でもどうしてそんなに多美ちゃんが蘭ちゃんを憎らしそうに見るのか、その訳が分からない」

蓉子は母と梅子を交互に見比べた。梅子はそんな蓉子に視線を止めたまま話を続けた。

「蘭ちゃんの話によれば、多美ちゃんの来る前からしばらくあの子は家に帰らなかったんだってね。これはわたしの推測だけど、その間にお母さんと多美ちゃんとの仲が親密になったところに蘭ちゃんが帰って来た。蘭ちゃんからみれば多美ちゃんは自分とお母さんの中に割り込んできた人間で、多美ちゃんから見れば蘭ちゃんはお母さんと自分の間に入り込んできた邪魔者なのよ。家に来た最初から蘭ちゃんがいたら、そんなものだと気にすることもなかったかもしれないけど、二人の関係が固定してしまってからでは、ややこしくなるんじゃないかしら」

彼女は言葉を切って息を継いだ。立て続けに喋るのは疲れるらしい。

「女同士の三角関係か――」

蓉子はまじまじとその顔を見返した。

言われてみればそうだ。梅子から話を聞くまで気が付かなかったが、多美がどことなく不貞腐れるようになったのは蘭子が帰って来てからだ。

梅子は齢に似合わず人情の機微に聡いところがある。

「辛いわねえ」

母がベッドの上に坐り直した。

「世の中、善かれと思ってしたことが、反対になることもあるんだからね」

「それは誰が悪いんじゃないのよ。でも、もしわたしの考えどおりだとしても、不思議なのは、多美ちゃんにも母親がいるんでしょう？　自分の母親がいれば、そんなに嫉妬を燃やすほど他人の母親に執着する訳が分からない。一体、多美ちゃんって、どうして家に来たの？」

梅子が母の顔を見上げた。蓉子はそっと俯いた。

「お父さんも事情があって多美ちゃんを連れて来たんだから、このことはお父さんに任せましょう」

母が歯切れの悪い語調で言い返した。

抑圧され閉ざされた心が母によって癒されかけたのに、蘭子の出現で元に戻ってかえって反抗的になったのだろうか。母に対する独占欲はそれほど強かったのだろうか。しかし蓉子は、多美の家庭の事情を母が口にしない以上、何も知らない梅子に自分から話すわけにはいかなかった。

「まあ人生でいちばん感じ易い時期だものね。それに多美ちゃんって、もしかしたら気分の激しい子かもしれない。感情のきつい子は傷つきやすいし、傷付くのから逃げるために、ちょっとのことでもとんでもない方へ逸れたり殻に閉じ籠ったりすることもあると思う。扱い難い年頃なのよ」

梅子は母の言葉になにか事情があると思ったのか、それ以上は問い詰めなかった。それがかえって蓉子には後ろめたかった。しばらくして、

「もう柿も、残り少なくなったわね。もらっていってもいい？」

梅子がぎごちない空気をはね返すように言った。

「いいわよ。取ってきてあげる」

蓉子はほっとして立ち上がった。

「柿なんか、食べちゃ駄目ですよ」

母が慌てて口を挟んだ。

「お腹を冷やして、赤ちゃんに悪いから——」

「大丈夫、わたしは食べないから。うちの人のお土産」

梅子は言いながら蓉子に片目をつぶって見せた。

「ご飯を食べていかないんなら、里芋の煮っころがしがあるから持ってく？」

蓉子は笑いを噛み殺しながら縁側に出た。

陽光を受けた柿が瑞々《みずみず》しく光っている。この富有《ふゆう》柿は父が丹精こめて作っているもので、家族は大事に味わっていた。柿の病葉《わくらば》の下で菊の花が枯れ始めていた。

「重くない？　大丈夫？」

蓉子は弁当箱に入れた里芋の煮つけと柿を渡しながら梅子に訊いた。

「大丈夫よ。このぐらい、いつも持ってるもの」

梅子は包みをぶら下げて見せながら、それでも「どっこいしょ」と上がり框に腰を下ろして靴を履いた。

梅子が帰って行くのと入れ違いに、槙子と多美が戻ってきた。

十一月も末になると、朝晩はめっきり冷え込んでくる。

槇子と蓉子は多美に手伝ってもらって合い着を厚手の衣類と取り換え始めた。来年早々結婚する槇子は、持っていくものと要らないものを別ける仕事もある。

「来週、大阪に行く時、これでいいかしら？」

槇子はこげ茶のツーピースを広げて見せた。

「コートを着てくんでしょ？　そんな厚手の服じゃごぼついて恰好悪いわよ。コートの中はもうちょっと薄いもんでなくちゃあ」

「じゃあ、どれにしたらいい？」

槇子は一度広げた服をまた畳み直しながら蓉子に尋ねた。どこへ出掛けるにしても今まで衣服に気を遣ったことのない槇子が、婚約者に会う時だけは蓉子に相談するようになっていた。マルキストでもそういう時は着ていく衣裳が気になるのかと、彼女は頬がゆるんでくるのを抑えながら一緒に洋服を選んだ。二人して選んだのは編み模様の薄茶のセーターであった。

「そうだ、このセーター、まだとってあったんだ」

槇子が横に出してあった臙脂《えんじ》色のセーターを手元に引き寄せた。

「多美ちゃん、いつもお古で悪いけど、このセーターわたしには小さくなったから、着てくれない？」

槇子が手にとったセーターを広げて見せると、

「ふん、また、お古か――」

ちらとそれに目をやった多美が鼻の先であしらった。蓉子ははっとした。今まで姉たちの置いていったお古を渡しても無邪気に受け取っていたし、ここ二、三日、多美の様子に変わりがないので安心していたのに、また不貞腐れの顔を見せた。しかも今日の言葉は今までにない憎らしいものだ。多美が反抗的な態度を見せるたびに彼女が疎ましくなってきていた蓉子は、梅子に言われてから多美を不憫に思わなければいけないと自分に言い聞かせていたのだが、さすがにむかっとして口を開きかけた時、

「わたしたち姉妹は、みんな順ぐりにお古を着てきたのよ」

槇子が落ち着いた口調で話し掛けた。すると、

「蘭ちゃんは、いつもきれいな服着とるやないか」

多美が上目遣いに言い返した。

「蘭ちゃんだって、普段はお古を着てるのよ。家に帰るには電車に乗るから、よそいきを着て来るだけよ」

槇子の語調は変わらない。多美はぷいとそっぽを向いていたが、しばらくして、

「あぁあ、お金が欲しいなあ」

投げやりな調子で呟いた。

隣の部屋で母がベッドに起き上がる気配がする。

「お金が欲しいって、何に使うの？」

相変わらず槙子の口調は穏やかだ。

「なにによって、お金があれば、欲しいものが買えるもん」

「そりゃあ、お金があればなんでも買えるでしょう」

槙子がゆっくりと坐り直した。

「一つ欲しい物が手に入ると、また次に欲しい物が出てくる。人間の欲ってものは切りがないものなのよ。〈上見ればあれホシこれホシ、ホシだらけ、下みて暮らせホシはなきもの〉って歌がある。わたしたち姉妹は親からこの歌を聞かされて育ったのよ。欲を出さずに、自分の分を守っていく、足ることを知らないのは不幸だからね」

槙子は言葉を切ると多美に笑いかけた。彼女はまだ不機嫌な顔をしていたが、なにも言い返さずに俯いた。

こういう話は槙子に任せるのが一番だ。

それから槙子はなにごともなかったように多美に他愛のないことを話し掛けていた。衣類の片付けが終わると、多美はそこに残された臙脂色のセーターにおずおずと手を伸ばした。

それを見て、

「着てみたら？　多美ちゃんは色が白いし顔立ちがいいから、わたしより似合うと思うわよ」

槇子が笑いながら言うと多美は黙って着替えを始めた。

多美は父の前ではこんなに剝き出しの反抗的な態度はとったことがない。日中は外出することが多い父も、この多美の気まぐれとも言いたい感情の起伏を目の当たりに見たことはないだろう、だが母から逐一話は聞いているはずだ。それなのに父の多美に対する態度が全く変わらないのが蓉子には不思議であった。

（八）

槇子が大阪に行く前の夜のことであった。

蓉子が父の布団を敷いていると、槇子が音もたてずに障子を開けて入って来た。入るなり、

「蓉ちゃん、わたしの腕時計、知らない？」

声をひそめて訊く槇子の顔がどことなく強ばっている。

「時計って、良夫さんからの？」

蓉子はただならぬ槇子の様子に布団を敷く手を休めた。

良夫とは槇子の婚約者である。その腕時計は婚約の記念に彼が贈ってくれたもので、華奢な金の鎖の付いた金時計の周りに小さなダイヤを並べたものであった。

「そうよ。明日出掛けるから支度してたのに、時計がないの」

「ちゃんと探した？」

「探したわよ。万が一どこかに置き忘れたかもしれないと思って、洗面所からお台所まで探したの」

「いつから、ないの？」

「それが分からない」

槇子がめずらしく慌てている。

「分からないって、昨日出掛けたじゃないの。その時、持ってったんじゃないの？」

蓉子は姉の狼狽ぶりが気の毒になった。

「ううん。普段はあの時計は持っていかないもの。学生時代に使ってたのを持っていくの。それにね」

槇子は声をひそめた。

「わたしはいつも机の引き出しに箱に入れておくのよ。昨日引き出しを開けた時に箱があったのは覚えてるの。もちろん中まで確かめたわけじゃないけど。それが今、箱の場所が違ってて、中身の時計がないの」

「……」

蓉子の胸を一瞬、黒い影が通り過ぎた。

万事に几帳面な槙子が、婚約者からの大切な贈り物をそこらに放り出しておくはずがない。

二人は顔を見合わせた。互いの胸に浮かんだ考えが同じであると感じるだけに、どちらもそれを口に出せない。

その時、書斎との間の襖が開いて、父が入ってきた。

「時計がどうかしたのか?」

父は丹前の前を直して布団のそばに坐った。父は膝を崩したり胡坐をかいたりしたことはない。だがこの時の端坐した様子にはなにかしら緊張した気配がある。

槙子は今の話を繰り返した。

「お母さんの口癖じゃないが、七たび探して人を疑えというからね。七たびがその倍でも探してみることだよ」

口調は穏やかだが、槙子を見返す父の顔が心なしか強ばって見える。

「今も言ったけど、もうこれ以上探すとこがないの。時計に足が生えるわけないから、あとは多美ちゃんに訊いてみるだけ」

「多美にか――」

父の声がはっとしたように暗くよどんだ。

「知らないと、言ったら？　まさかあの子の荷物を調べるわけにはいかないだろう？」

「多美ちゃんのいない時にそっと調べたら？」

蓉子が口を挟んだ。それはさっきから考えていた。

「そんな警察みたいなことは出来ない。それに、もし出来たとして、時計があったらどうするつもりだ？　多美にそのことを言う積りか？　こちらが留守の間にこっそりと探したと言えるのか？」

「……」

蓉子も槙子もすぐに言い返せない。

「もしも、なかったら、どうする？」

二人はまた黙って顔を見合わせるだけであった。

「この話は無かったことにしてくれないか？　代わりの時計は買ってあげる。もちろん同じ物があるかどうか分からないが……」

「同じ時計があるわけないでしょ。あれは良夫さんが婚約の記念に買ってくれた品だもの。世界に一つしかないのよ」

さすがに気丈な槙子も顔を歪めた。

「分かってる。あれが槙子の掛け替えのないものだということぐらい、分かってる。だからと言って、多美を傷つけることは出来ない。明日、良夫さんに会ったら、本当のことを言えばいい。良夫さんなら分かってくれるよ。多美と一緒にいるのは不愉快かもしれないが、洋裁店が決まるまで、もうしばらく我慢してくれないか?」

父が手を付かんばかりに二人に頼んだ。その顔が急に窶れて痛々しく見えた。こんな父を見るのは初めてだ。二人はもう何も言えなかった。


翌日、槙子が大阪に行った日のことであった。蓉子が洗濯物を取り込んで縁側に上がりかけた時、縁の下の石に躓いて転んでしまった。起き上がろうとしても足がいうことをきかない。足首を捻挫したらしい。

「蓉ちゃん、じっとしてなよ。冷やしてればすぐに良くなるよ。ご飯はあたしが作ったげるから――」

やっと家に這い上がった蓉子に気付いた多美がタオルを濡らして足を冷やしてくれた。こういう時の多美は以前と変わらずやさしい。しかし昨日の時計の事件の今日のことだ。蓉子にはそんな多美の態度がわざとらしいものに思えて、素直に感謝する気持ちになれなかった。

「そんなに大袈裟にタオルで巻くと歩けないじゃないの」

つい憎らしさに駆られて口調がきつくなる。

「歩くことないやないか。蓉ちゃんがそこに坐って言ってくれれば、ご飯はあたしが作るんやから――」

多美は蓉子の冷たい語調に気付かないのか、こまめに何度もタオルを換えてくれた。そんな彼女に対して蓉子はどうしても心を開けなかった。

今日は槇子が留守だから、昨日のうちに買い物をしておいてよかった。ところが夕方近くなって電気をつけようとすると、ポッと電灯が切れた。多美に頼んで予備を探してもらったが、生憎《あいにく》箱は空だ。この前取り換えてから補充しておくのを忘れていたのだ。

「どうする?」

次第に西日の翳ってくる台所で突っ立ったまま、多美が蓉子に訊いた。その心配そうな顔を見上げながら、

「仕方がないから、離れの電灯を持ってきてよ」

蓉子が頼むと、

「それじゃ槇ちゃんが帰った時、真っ暗で困るよ。あたしが今から買ってくる」

多美は返事も待たずにエプロンをはずし始めた。

蓉子は困った。筋向かいの八百屋ならともかく、電気屋のある大通りまで多美を独りで出したことはない。父も槇子も帰りは遅いだろう。といって、出掛ける気になっている多美を無理に引き止めたら嫌な思いをさせるに決まっている。思い悩んでいると、

「まだ明かるいし、電気屋さんはすぐそこだから、多美ちゃんに行ってもらったら？」

隣の部屋から母が声を掛けた。蓉子は仕方なく多美に頼んだものの、なんとなく不安で彼女の帰りが待ち遠しかった。

しばらくして多美が息を弾ませて帰って来た。ほっとした蓉子は、急いで走って来て息切れしかけたのだろうと思っていた。多美独りに食事の支度をさせるのも気の毒だと蓉子がほうれん草を洗っているのを見て、

「そんなこと、しなくていいよ。あたしがやるから――」

多美がエプロンを掛けながら近寄って来た。

「このぐらいは大丈夫。今晩はおひたしと焼き魚だけ」

「無理しなくてええのに――」

多美は言いながら蓉子のそばに寄ると、

「今な、面白いことがあったんや――」

小声で話し掛けてきた。目が妙に光っている。

「そこの角で男の人に会ったんや。その人がな、おねえちゃん、遊ばんかって言うの。遊んでくれたらお金をあげるよって……」

「え――」

蓉子は足の痛みも忘れた。息が止まるかと思った。

「多美ちゃんが、うちの娘だって、知ってて言ったの？」

「さあ、それは知らんと思うよ。大通りを曲がったとこやったから」

多美はなにごともない風に蓉子の耳に口を寄せると、

「あそこで立っとるとまたその人が来るよ。遊んでやったら、お金沢山もらえるんだよ」

多美の熱い息が焼けるように耳朶《みみたぶ》に吹きかかる。突然足元の大地が崩れたように、蓉子は一瞬言葉も出ない。

あれほど嫌っていたのに、多美はその母親の淫乱の血を受け継いでいたのだろうか。蘭子に母の愛を奪われたと思った彼女は、その心の空隙を充たすものがなんでもいいから欲しかったのだろうか。蓉子の頭は混乱した。

「そんなこと考えるのも、口にするのも、いけないことなのよ。どんなことか、多美ちゃんに分かってるの？」

蓉子は辛うじてそれだけを口にすることが出来た。すると多美は馬鹿にしたように「ふん」

と鼻の先で笑った。蓉子はかっとなった。昨晩から抑えに抑えていた腹立たしさが膨れ上がって眩暈すら感じる。

槙子の時計を盗んだのはまだ許せる。しかしこの狭い田舎町で街娼まがいのことをされたら、父の名誉はどうなるだろう。

多美に対する憎しみを抑えきれなくなった蓉子は、もう一日も家にいてもらってはいけないと決心した。

その夜、母や多美が寝てから、蓉子はまだ痛む足を引き摺って父の部屋に行った。

「足はどうだい？　じっとしていた方がいいんだよ。布団は自分で敷くから――」

父が気遣わしげに蓉子の足に目をやった。

「ううん、布団を敷きに来たんじゃないの。話があるの」

「……」

父は蓉子の固い表情になにか思い当たったのか、黙って彼女の目の奥を覗き込んだ。

「多美ちゃんに、すぐ家を出て行ってもらいたいの」

蓉子は父の視線をはね返して詰め寄った。

「腕時計のことでこだわっているのか？」

予期していたように落ち着いた口調であった。

「ううん、時計のことじゃないの。このままなら蘭ちゃんが可哀そうだからなの」

蓉子は梅子から聞いた話をした。多美がいかがわしいことを考えたとは、娘の口からは絶対に言えない。

「その話はお母さんから聞いたよ。このあいだ早く帰って来た時、蓉子が多美を連れて買い物に行って、槇子も出掛けていなかった時だ。もちろん多美が最近変わってきたとは、その前にもお母さんから聞いていたし、こちらも薄々感じてはいたんだが、そういう訳があったとは梅子の話を聞くまで気が付かなかった。年頃の女の子の心理は難しいものだ」

「そんな呑気なこと言ってられないわ。蘭ちゃんは多美ちゃんとは二つしか齢は違わないのよ。傷付き易い年頃なんだもの。蘭ちゃんが変な方に逸れていったら、お父さんの責任よ」

蓉子は父を見据えたまま椅子を引き寄せた。何が何でも多美に家から出ていってもらわなければならない。

「そんなに苛めないでほしいな」

父は苦笑いしたが、その目は笑っていない。

「もう少し多美が落ち着いてから洋裁店に世話しようと思っていたのに、こうなってはゆっくりしていられないと決心した。このままでは蘭子も多美も駄目になるからね。多美が家に来てから明かるくなって安心してたんだが、どうも見通しが甘かった。多美は思ったより気性の激しいところがあったんだね。お母さんに対してそれほど強い愛着を持つと予想しなかったのは迂闊《うかつ》だった。洋裁店に行くのは多美の希望でもあるから、今日もその店に行ってきたところだ」

「そのお店、多美ちゃんを引き受けてくれるの？」

「今、交渉中だ」

「受け入れる方も考えるわね。盗癖があるんだから――」

蓉子は妙に意地悪くなって唇を歪めた。

「そんなこと言うもんじゃない。証拠があるわけじゃないんだから。もしもそうだとしても、人には出来心というものもある。人の欲望をそそる物を目の前にちらつかせる方が悪い時もあるんだよ。相手はなんと言ってもまだ子供なんだから――」

「……」

蓉子は言い返そうにも、すぐに言葉が見付からなかった。人には見せびらかすな、人のことは悪く言うな、これは小さい時から親に言われてきたことだ。このあいだも、多美の前ではなるべくお洒落をしないようにと母が蘭子に言っていた。

「それにしても、自分の家なのに、着る物にも持つ物にも気を遣って、まるで息をひそめて暮らさなきゃいけないなんて……」

蓉子はまだ腫れの残る足をさすりながら言葉を続けた。

「今まで育った土地から全然土壌の違う所に植物を移し替えたって、そのままうまく育つものじゃないでしょ？　人間だってそうだと思うわ。環境が違ったんだもの。多美ちゃんは蘭ちゃんが帰るようになってから変わってきたのよ。お母さんを取られたというだけじゃないと思う。齢が近いだけに、きれいにしている蘭ちゃんを見るたびに自分との違いを見せつけられるみたいで、嫉妬が倍になっちゃったのよ」

蓉子はちょっと息をついた。父は黙っている。

「きれいな洋服を着たくても着られなかった。母親に甘えたくても出来なかった。それを蘭ちゃんはみんな手に入れてるんだもの。その上、折角自分の母親みたいに懐いてきたお母さんを蘭ちゃんに取られたと思って僻《ひが》むのね。でもこれは蘭ちゃんの罪じゃない。性格の問題もあるけど、土壌が違ったんだから植物が枯れるのよ」

「そう言われれば返す言葉がないな。娘六人を育てながらそこまで見通せなかったのは、こちらの不徳のいたすところだ」

父は言葉を切ると、回転椅子に深々と身を沈めた。

「善意というのは、時には虚しいものだねえ」

父はそばにいる蓉子が目に入らないように呟いた。

不意に雨の音がした。夕方から曇り出したと思っていたが、やはり雨になった。風も出てきたのか窓ガラスを叩く雨の音が妙に寒々と聞こえる。蓉子は、苦渋を浮かべた父の横顔から視線を逸らせると、

「おやすみなさい」

と言って部屋を出た。

その翌日の昼過ぎのことであった。

梅子から、急に産気づいたから入院すると電話があった。予定日より五日も早い。なにかあったらすぐに飛んで行くと約束してあった蓉子は、大急ぎで身の周りの物を用意して出掛けた。幸い足の腫れは引いている。

(よかった。これで多美ちゃんの顔を見ないで済む)

蓉子は内心ほっとしてもいた。

その明くる朝早く、梅子は無事男の子を出産した。

母乳が足りないためにミルクを作ったり、おむつを替えたり、慣れない仕事で一日中神経が張り切っている。多美のことを思い出すひまもなかった。

見舞いに来た父や槙子や蘭子にも多美のことは訊きもしなかったし、彼らも口にしなかった。

梅子が普段の生活に戻るまで面倒をみることになっている蓉子が、新しい親子三人と一緒に病院から帰った時、多美は既に家にはいなかった。蓉子は彼女がどこへ行ったのか訊かなかった。父も母も槙子も多美のことは口にしない。まるで今までそんな娘など我が家にいなかったように多美の名は誰の口からも出なかった。

年が改まって間もなく、槙子は結婚して大阪に行った。そしてその翌年、蓉子も結婚して家を去った。そして多美のことは記憶からすっかり抜け落ちてしまった。

(九)

頼りなげな足取りで遠ざかって行く多美の後ろ姿を見送りながら、蓉子はあれからの彼女の人生を想像した。

洋裁の好きであった多美は父の世話で店に落ち着いただろうか。母の代わりに餓えを充たしてくれる相手を見付けただろうか。いや、そうではないだろう。もし順調にいっていたなら、こんなみじめな姿を曝すわけはない。

多美がどんな生き方をしたにしろ、狭い田舎町で父の耳に入らないはずはない。父のことだから陰で多美の面倒はみたと思う。だが一旦壊された心は父を受け入れられなくなったのではないだろうか。父はそんな多美に、自分の善意の過ちの深さを思い知らされたかもしれない。

星のない夜は更けるに従って大気を重く澱ませ、薄い霧の中に賑やかな店の明かりが滲み出ている。風が足元の枯葉を転がしていった。

今、多美の痩せた後ろ姿は、胸を締め付けるばかりに苦しい負い目を感じさせる。

多美がさきほど蓉子に向かって唾を吐きかけたのは、一目で彼女と気が付いて、六十年の間抱き続けていた恨みのせいいっぱいの抗議ではなかっただろうか。

降るような満天の星を肩を寄せ合って眺めたあどけない多美を、一杯の酒のためにはどんな屈辱も感じないで彷徨う女にしたのが誰であろうと、蓉子もまたその加害者の一人であったのだ。友人がいなくなっても、この故郷は生きている限り贖《あがな》いきれない罪から彼女を解放してくれはしない。

小さくなっていく多美の姿は、やがて夜の闇の中に消えていった。

あとがき

青山学院の先生方の同人「詩と散文」に入れていただいたのは、もう半世紀以上も昔でした。その後「詩と散文」をやめしばらくして、アサヒカルチャーセンターの久保田正文先生の小説教室に入りました。以後先生の教えを受けていましたが、久保田先生がアサヒカルチャーセンターを辞められてから、同好の仲間とともにアサヒから独立し先生を顧問にお願いして新しい「午後」を作りました。先生が亡くなられた後も同人の活動を続け、その間、高校の文芸部の仲間が古希を迎えたのを機に復活させたかつての同人誌「群獣」にも参加してきました。思えば怠惰ながらも長い創作の人生でした。

人生の終着駅に近付いた今、生きた証として少しまとめて出版してみようと思いたった次第です。

拙著の出版に際しましてお世話になりました鳥影社の北澤晋一郎様、矢島由理様はじめ、「群獣」「午後」のみな様方に紙面を借りまして厚く御礼申し上げます。

平成二十八年十一月

鈴木 今日子

〈著者紹介〉

鈴木　今日子（すずき　きょうこ）

本名　鈴木恭子

1933年三重県津市生れ。

青山学院女子短大英文科卒。

「詩と散文」元同人

「群獣」同人

著書：『鏡の世界へ行ったケンちゃん』(永田書房)

　　：『水に流れる詩』（光陽出版社）

星のない夜

定価（本体1500円+税）

乱丁・落丁はお取り替えします。

2017年2月 7日初版第1刷印刷
2017年2月15日初版第1刷発行
著　者　鈴木今日子
発行者　百瀬精一
発行所　鳥影社 (www.choeisha.com)
〒160-0023 東京都新宿区西新宿3-5-12トーカン新宿7F
電話 03(5948)6470, FAX 03(5948)6471
〒392-0012 長野県諏訪市四賀229-1(本社・編集室)
電話 0266(53)2903, FAX 0266(58)6771
印刷・製本　モリモト印刷・高地製本

ISBN978-4-86265-600-1 C0093